Gerhard Fischer

Immer wieder eine Überraschung

Kurzgeschichten

johannis

Bibliografische Information Der Deutschen Bibliothek
Die Deutsche Bibliothek verzeichnet diese Publikation in der Deutschen Nationalbibliografie; detaillierte bibliografische Daten sind im Internet über http://dnb.ddb.de abrufbar.

ISBN 3-501-05555-2
Johannis Großdruck 05 555
2. Auflage 2005

Lektorat: Dr. Ulrich Parlow
Umschlagbild: G. Weissing
Umschlaggestaltung: Friedbert Baumann
Gesamtherstellung:
St.-Johannis-Druckerei, Lahr/Schwarzwald
Printed in Germany 15933/2005

www.johannis-verlag.de

Vorwort

Hallo! Ich grüße Sie.

Irgendwer oder irgendetwas hat Sie neugierig gemacht, nach dem Buch zu greifen, es aufzuschlagen und wenigstens einen Blick auf das Vorwort zu werfen. Nun müssen Sie sich entscheiden, ob Sie es kaufen oder ins Regal zurückstellen (falls Sie nicht zu den Glücklichen gehören, die das Buch geschenkt bekommen haben).

Das kommt ganz darauf an, ob Sie gern Geschichten lesen, ob Sie Spaß verstehen, ob Sie bereit sind, ein wenig mit- und nachzudenken, ob Sie auch mal einen guten Rat annehmen – und schließlich, ob Ihr Geldbeutel dazu Ja sagt.

Die Erzählungen haben ihren Ursprung in den Erfahrungen meiner dreiundvierzig Berufsjahre als Gemeinde- und Zirkuspfarrer. Ich habe sie »frei nach Fischer« bearbeitet.

Manche/r Leser/in wird sich in ihnen wiederfinden. Doch das ist rein zufällig (!?). Auf jeden Fall möchten die Geschichten daran erinnern, welche Chancen Gott uns einräumt, damit Leben gelingt.

Also, sind Sie bereit?
Recht so! Dann kann's ja losgehen.
»Manege frei« für die Alltagsartisten.
Ich wünsche Ihnen gute Unterhaltung – und noch vieles mehr.

Ihr Gerhard Fischer

Inhalt

Biete tausend Vaterunser

Ellen legt das Buch zur Seite, wirft noch einen Blick auf ihren schon schlafenden Mann und löscht das Licht der Nachttischlampe. Florian schläft meist schon, bevor er das zweite Bein im Bett hat. Heute ist er mit komplizierten Gedanken eingeschlafen, die ihn bis in seine Traumwelt hinein verfolgen.

Ach, hab ich heute wieder Rückenschmerzen. Da laufe ich nun schon seit Jahren wegen meiner Wirbelsäule zum Arzt, aber der kann mir auch nicht wirklich helfen. Trotzdem bin ich froh, dass er mir wieder Massagen und Bäder verordnet hat. Für eine Weile wird mir das Linderung bringen, aber eben nur für eine Weile. Zum Glück versteht auch Ellen diese Kunst. Ihre Massagen zwischendurch haben gleich eine doppelte Wirkung – am Rücken und am Herzen. Krchchch …

Warum ist meine Wirbelsäule nicht so stabil wie die anderer Leute? Das Leben wäre für mich sehr viel angenehmer. Krchchch …

Ich bin fromm. Die Zahl meiner gebeteten Vaterunser liegt nur geringfügig unter der Zahl meiner Lebenstage. Mutter hatte dafür gesorgt, dass ich es schon mitbetete, als ich gerade erst zu plappern anfing.

Zugegeben, der Bauer Engelhard ist einen Zacken frömmer als ich und betet sicher öfter. Das nützt ihm aber auch nichts. Mit seiner Wirtschaft geht es ständig bergab. Irgendwie passt das alles nicht so richtig zusammen. Er und ich, wir gehören zu der Hand voll Christen im Ort. Aber honoriert wird das von Gott nicht, sonst müsste ich mich besser fühlen. Krchchch … krchchch …

»Flori, du schnarchst wieder so laut.«

Krchchchchch krchchchch …

»Flori. Ich kann nicht einschlafen, wenn du schnarchst!«

Florian dreht sich auf die andere Seite und brummt: »Ich hab nicht geschnarcht.«

»Du hast geschnarcht, und wie!«

Doch schon sind Florians Gedanken wieder beim Thema.

Eigentlich ist es doch ungerecht. Wer hat die neue Kirchentür bezahlt? Ich! Wer hat die alte Hulda über Jahre hinweg mietfrei in seinem Haus wohnen lassen? Ich! Wer hat schon in jungen Jahren Jutta mit ihrem Rollstuhl Sonntag für Sonntag in die Kirche zum Gottesdienst und wieder nach Hause gefahren?

Ich! Zählt das alles nichts? Müsste Gott nicht doch etwas besser auf seine Leute achten? Krchchch … krchchch …

»Flori. Du schnarchst fürchterlich. Lass mich erst einschlafen und schnarche dann.«

»Ja.«

Kaum hat er das gesagt, schnarcht er weiter und träumt von seinen frommen Guttaten, die doch eigentlich eine heile Wirbelsäule wert sein müssten.

Natürlich. Ach, dass ich nicht längst darauf gekommen bin. Wozu habe ich denn eigentlich den Internetanschluss? Eine E-Mail an den lieben Gott, das ist die Idee! Los geht's: www.ev-luth-himmel.de. »Biete hundert Vaterunser für eine heile Wirbelsäule. Florian Murr.« Krchchch … Warum eigentlich nur hundert? Ich habe das Vaterunser in meinem Leben doch schon mehrere tausendmal gebetet. Ich kann dem lieben Gott also gut und gern tausend Vaterunser anbieten und die von mir bezahlte Kirchentür dazu und die Rollstuhlfahrten mit Jutta noch obendrauf. Das dürfte genügen. Krchchch … krchchch …

»Florian! Jetzt reicht es mir aber!«

Ellen nimmt ihr Bettzeug und zieht um in die Stube.

Florian merkt es nicht. Er stiert auf seinen Traumcomputer.

Wird eine Antwort kommen? Da! Das Signal! Der Text erscheint auf seinem Bildschirm: »Tauschgeschäfte sind mit mir nicht zu machen. Wenn du eine neue Wirbelsäule haben willst, komm in den Himmel. Umsiedelung hierher ist jederzeit möglich.«

Schlagartig endet Florians Schnarchen. Umzug in den Himmel? Das heißt doch auf gut Deutsch »sterben«. So hat er das nicht gemeint.

Er richtet sich im Bett auf. Ellen ist verschwunden. Gott sei Dank, es war nur ein Traum. So ein blöder Traum! Wo ist Ellen? Ist sie schon aufgestanden? Hat er verschlafen? Er blickt zum Wecker. 0.50 Uhr. Nein. Ellen wird wieder einmal vor seinem Schnarchen geflohen sein. Ach, war das ein schrecklicher Traum. Seine Gedanken waren schuld, mit denen er eingeschlafen ist. Hat er nicht trotzdem Recht? Er will ja mit Gott gar keine Geschäfte machen. Aber: Darf er in Anerkennung seiner erbrachten Leistungen von Gott nicht wenigstens etwas mehr Rücksichtnahme erwarten? Er wird das bei passender Gelegenheit mit seinem Pfarrer besprechen.

* * *

Über ein Monat ist seit dieser Nacht vergangen. Florian wurde nicht zwangsumgesiedelt. Die Massagen und Bäder bewirkten Linderung seiner Beschwerden. Doch seine Seele ist damit nicht zufrieden. Gott ist nicht fair. Eine Hand wäscht die andere. Vorigen Sonntag kündigte der Pfarrer den nächsten Friedhofseinsatz an. Und wer ist als Einziger gekommen? Er, Florian – trotz Rückenschmerzen –, und der Pfarrer. Sie schneiden miteinander die Hecken, säubern die Wege und mähen Gras. Als die Frau des Kantors ein Frühstück auf den Friedhof bringt und sie sich auf einer schattigen Bank niederlassen, nutzt Florian die Gunst der Stunde und macht seinem Herzen Luft.

»Hat man denn als guter Christ bei Gott gar keinen Bonus?« Er erzählt dem Pfarrer von seinen Rückenbeschwerden und von dem Traum. »Ehrlich, Herr Pfarrer, da steigen in mir Zweifel auf, ob ich mit Gott denn wirklich so gut dran bin, wie Sie das immer predigen.« Pfarrer Morgentau kaut bedächtig an seinem Fischbrötchen, ehe er auf Florians Rede eingeht.

»Mit anderen Worten: Sie fragen an, ob sich Ihr Beten, Helfen und Spenden denn nicht eigentlich durch eine Extraportion göttlicher Zuwendungen auszahlen müsste.«

Der Pfarrer greift zum nächsten Brötchen und lässt sich Zeit, ehe er weiterspricht.

»Jutta war glücklich und dankbar dafür, von Ihnen Woche für Woche in den Gottesdienst gefahren zu werden. Ihre Mutter sprach erst kürzlich davon. Und die alte Hulda erzählte freudestrahlend jedem auf der Straße, wie gut sie bei Ihnen dran war. Sie haben den beiden doch nicht deshalb geholfen, um sich bei Gott eine goldene Nase zu verdienen?!«

»Um Himmels willen, nein, natürlich nicht!« Jetzt braucht Florian eine Weile zum Überlegen.

»Ich habe mich vom Zeitgeist anstecken lassen, bei dem sich alles ›rechnen‹ muss. Aber können Sie nicht verstehen, dass einem, der jahrelang Schmerzen hat, die die Lebensqualität erheblich einschränken, der Gedanke kommt, man hätte etwas mehr Rücksichtnahme verdient?

»Das kann ich sehr gut verstehen. Als unser Sebastian mit sieben Jahren an Leukämie starb, sind mir ähnliche Gedanken gekommen. Meine Freunde haben Karriereberufe gewählt, wohnen in komfortablen Villen und verdienen einen Haufen Geld. Ich bin Pastor geworden; kein Traumberuf unserer Tage. Hätte Gott dafür das Leben unseres Kindes nicht retten können? Gekonnt hätte er es schon. Dass er den Jungen sterben ließ, hatte ganz gewiss seinen – für uns nicht einsichtigen – guten Grund. Wir haben viel darüber gebetet und lange gebraucht, bis wir zur Ruhe gekommen sind. Eine Antwort auf unsere Frage, warum Sebastian sterben musste, haben wir bis heute nicht. Damit müssen wir leben. Der Vater hat die Antwort – und der Vater hat uns lieb. Wir vertrauen ihm.«

Wieder vergeht eine Zeit des Schweigens.

»Gut, Herr Pfarrer. Ich habe Sie verstanden. Nun hoffe ich nur, dass auch mein Herz sein Ja dazu findet.«

Das Frühstück ist gegessen. Die beiden nehmen ihre Arbeit wieder auf.

* * *

Heute ist Florians Frau schon eine halbe Stunde früher zu Bett gegangen, um bereits zu schlafen, bevor ihr Mann sich niederlegt und schnarcht. Ganz leise und vorsichtig betritt er das Schlafzimmer. Behutsam beugt er sich über seine Frau und denkt:

Ellen, du bist mein Hauptgewinn. Ich weiß es. Du und eine heile Wirbelsäule, das wäre wahrscheinlich doch zu viel des Guten. Krchchch …

Dazu unsere vier Töchter, nach denen die Männer Schlange standen. Jetzt bin ich auf meine Schwiegersöhne stolz und auf sieben Enkel, davon wieder vier Mädchen vom Feinsten! Aber die Jungs sind auch nicht übel. Ich kann sehr zufrieden sein. Krchchch …

Ach, lieber Gott, ich merke schon: Du gibst mir mehr, als ich verdiene. Trotzdem. Wenn du für mich so viel Gutes ersinnst, lass dich von mir bitten, auch einmal an meinen Rücken zu denken …

Und Florian schläft ausnahmsweise geräuschlos ein.

Zugelangt und angepackt

Elke Stressinger sieht ihren Mann in den Hof einbiegen.

»Claudia, beeile dich! Papa kommt heim. Er wird bestimmt ins Bad wollen.«

Da ist er schon – Papa Klaus. Seine Frau empfängt ihn freundlich, doch an Stelle eines Grußes hat er für sie nur einen Befehl: »Koch mir einen Kaffee. Ich hab ihn nötig. Doch vorher dusche ich.« Er will ins Bad, findet die Tür verschlossen und rüttelt ärgerlich an der Klinke.

»Claudia, du schon wieder?«

»Ja, Papa, ich dusche.«

»Mach dass du hier rauskommst, aber dalli. Ich möchte wissen, weshalb du dich ausgerechnet jetzt duschen musst.«

Sekunden später tritt Claudia, in ein Badetuch gewickelt, heraus, streichelt im Vorbeigehen ihrem Papa mit der nassen Hand über die Wange und erklärt ihm: »Weil die Schulaufgaben mich so ins Schwitzen gebracht haben.« Fort ist sie.

Papa Klaus schüttelt ärgerlich den Kopf, verschwindet im Bad und erbost sich noch unter dem Wasserstrahl über die freche Rede seiner Tochter.

Inzwischen hat die Frau für ihren Mann den Kaffeetisch gedeckt. Sie stellt eine brennende Kerze dazu und holt aus der Speisekammer das letzte Stück Quarkkuchen vom Sonntag. Klaus kommt frisch geduscht, aber noch immer mürrisch zu ihr in die Küche. »Kannst du mir erklären, aus welchem Grund sich Claudia ausgerechnet jetzt duschen muss? Sie hatte den ganzen Tag dafür Zeit.«

»Nein, hatte sie nicht. Sie ist gerade erst vom Training gekommen, war verschwitzt und wollte sich frisch machen. Sie hat dich ja auch stehenden Fußes reingelassen. Du musst sie nicht immer gleich anschreien.«

»Nimm sie nur in Schutz. Hat Mutter sich gemeldet?«

»Ja. Der Arzt ist zufrieden. Der Schrittmacher arbeitet einwandfrei und sie fühlt sich wesentlich besser als zuvor.«

»Na, wenigstens ein Lichtschimmer am Horizont. Und hat die Kindergärtnerin Benjamins Mütze gefunden?«

»Nein. Aber der Pfarrer hat vorhin angerufen. Er will mit dir reden.«

»Na bitte. Ich kann mir schon denken, was er will. Unsere Tochter wird sich im Konfirmandenunterricht danebenbenommen haben, wie sie das zu Hause auch macht. Nichts als Probleme!«

Es klingelt. Frau Stressinger geht zur Tür, heißt den Pfarrer herzlich willkomen und führt ihn ins Wohnzimmer.

Klaus schlingt schnell den letzten Bissen Kuchen hinunter, trinkt seinen Kaffee aus und geht ihnen nach.

»Schön, dass Sie uns wieder einmal besuchen, Herr Pfarrer, obwohl ich ahne, dass Sie uns nichts Gutes sagen werden. Wahrscheinlich gibt es Probleme in der Konfirmandenstunde.«

»Falls Sie auf Ihre Claudia anspielen, kann ich Sie zu dem Mädel nur beglückwünschen. Mehr von dieser Sorte, und meine weißen Haare färben sich wieder blond. Nein, ich komme nicht mit einer Beschwerde, sondern um ein Anliegen loszuwerden. Herr Stressinger, in ein paar Monaten werden die Kirchenältesten unserer Gemeinde neu gewählt. Drei der bisherigen hören aus Altersgründen auf. Wir brauchen Nachwuchs.«

Klaus ist zunächst sprachlos. Nachdem er

sich gefasst hat, fragt er: »Wie sind Sie denn auf mich gekommen?«

»Sie haben ein positives Verhältnis zur Kirche; da dachte ich, Sie könnten uns mit Ihren Gaben in der Gemeinde nützlich sein.«

»Herr Pfarrer, Ihr Angebot ehrt mich, doch ich lehne es auf der Stelle ab. Ich komme mit mir selber nicht klar, habe auf meiner Arbeit jede Menge Probleme und daheim auch. Außerdem ist es eine Zeitfrage. Ich weiß, dass wir mit Claudia öfter zum Gottesdienst kommen sollten, doch für uns ist der Sonntag längst zum Wochentag geworden.«

»Denken Sie, andere Leute haben weniger Arbeit als Sie?«

»Möglicherweise nicht, aber vielleicht sind sie belastbarer als wir. Mein Schulfreund Harry spricht mich immer mal wieder an, doch häufiger in den Gottesdienst zu kommen. Er meint, das brächte einen Zeit- und Energiegewinn. Doch solche Kalkulation ist mir zu hoch. Es bleibt bei meinem Nein, Herr Pfarrer. Ich hoffe, Sie sind mir deshalb nicht gram.«

* * *

Eine Stunde später sitzt Familie Stressinger am Abendbrottisch. Claudia fragt: »Was wollte denn der Herr Pfarrer?«

Papa Klaus beeilt sich, seiner Frau mit der Antwort zuvorzukommen. »Was soll er schon gewollt haben. Beschwert hat er sich – über dein vorlautes Mundwerk. Ich soll dir mal gehörig die Leviten lesen.«

Claudia schmunzelt. »Eher glaube ich, dass er gesagt hat, es sei ein Gotteswunder, dass ein so mürrischer Vater eine so freundliche Tochter habe.«

Die Mutter erschrickt. »Claudia!«

Doch Papa Klaus reagiert diesmal ungewöhnlich mild.

»Du verstehst dich mit unserem Pfarrer wohl recht gut?«

»Wir sind beide mit uns zufrieden.«

»Du hast noch nie erzählt, was ihr im Konfirmandenunterricht so treibt.«

»Ihr habt mich ja auch noch nie danach gefragt.«

»Was ich hiermit nachhole.«

»Wir reden zur Zeit vom Essen.«

»Bitte … worüber sprecht ihr?«

»Über das Essen … über gesunde Ernährung.«

»Gehört das in die Konfirmandenstunde? Ich denke, der Pfarrer spricht mit euch über die Bibel.«

»Tut er ja; dort steht das alles drin.«

Benjamin – der Jüngste in der Familie – hat das Gespräch sehr aufmerksam verfolgt. »Steht in der Bibel auch, dass Spinat gesund ist?«

Alle lachen und Claudia klärt ihren kleinen Bruder freundlich auf: »Ja. Gott sagt: ›Alles grüne Kraut ist für euch nützlich zu essen‹« – worauf Samuel, der Elfjährige, seine Mama vorwurfsvoll ansieht und bemerkt: »Hörst du? Rote Rüben gehören nicht dazu.«

Die Konfirmandin lässt sich nicht aus dem Konzept bringen.

»Das Wichtigste, was die Bibel zum Essen sagt, ist ein Satz, der gleich mehrmals drinsteht: ›Der Mensch lebt nicht vom Brot allein, sondern von allem, was aus dem Mund Gottes kommt.‹ Also: Der Döner für den Bauch und das Evangelium für das Herz, gleichmäßig dosiert.«

Papa Klaus hört seiner Tochter interessiert zu.

»Aha. Und wie isst man das Evangelium?«

»Man hört es im Gottesdienst und man liest es daheim in der Bibel.«

»Aber wer es nicht hört und nicht liest, der lebt doch auch!«

»Freilich lebt der – aber mit einem knurrenden Herzen.«

Samuel amüsiert sich. Ihm fällt ein, dass Frau Meusel, seine Lehrerin, vor ein paar Wochen aus dem Klassenzimmer gelaufen ist, weil es aus ihr heraus so laut knurrte, dass die Kinder es hörten und lachten.

»War das ihr Herz?«

»Es wird wohl eher der Magen gewesen sein«, stellt Mama klar.

Damit ist das Thema beendet, für Papa Klaus aber noch längst nicht erledigt. Ihm liegt das »knurrende Herz« schwer auf der Seele. Das ist auch der Grund, weshalb er, als ihm Claudia eine Gute Nacht wünschen will, zu ihr sagt: »Ich komme dann noch einmal zu dir rüber.«

Sie kann sich nicht erinnern, wann ihr Vater zum letzten Mal ihr Zimmer betreten hat, außer dass er hin und wieder mal die Tür aufgerissen und mit ihr gewettert hat, weil sie etwas vergessen oder nach seiner Meinung falsch gemacht hatte.

Sie liegt schon im Bett, als er kommt.

»Ich schulde dir eine Antwort, Claudia. Der Pfarrer kam, um mich zu fragen, ob ich bereit sei, mich im Herbst zur Kirchenältestenwahl aufstellen zu lassen.«

»Und was hast du ihm geantwortet, Papa?«

»Ich habe Nein gesagt. Abgesehen davon, dass ich den Aufgaben wahrscheinlich nicht gewachsen wäre – ich hab auch nicht die nötige Zeit und Kraft dazu. Ich schaffe es so schon kaum und ihr kriegt es ab wie du heute Nachmittag. Du konntest gar nichts dafür. Übrigens hat dich der Pfarrer sehr gelobt. Ich freue mich darüber. Als ich Konfirmand war, hat mir der Unterricht auch Spaß gemacht. Wir hatten eine kleine Broschüre, die nannte sich ›Morgenwache‹. Darin war für jeden Tag ein Bibelabschnitt angegeben und erklärt. Ich habe es ziemlich regelmäßig gelesen. Doch als mein Leben so richtig in Schwung kam mit Beruf, Ehe und Kindern, dazu die Pflege der Großmutter, ging ich nicht mehr regelmäßig zum Gottesdienst und auch das Bibellesen blieb nach und nach auf der Strecke.«

Claudia greift in ihren Nachttisch und holt zwei Bücher heraus, die Bibel und ein Andachtsbuch für Teenager.

»Das ist so ein Buch wie deine ›Morgenwache‹. Ich lese es jeden Tag. Papa – ob du es nicht doch als Kirchenältester versuchen solltest?«

»Nein, Claudia. Man muss es sich vorher gut überlegen, ob man der Aufgabe gewachsen ist oder nicht. Ich habe noch kein Rezept dafür gefunden, wie ich das Leben besser in den Griff kriege. Ich bewundere Leute wie die Haases, Göbels oder Kaisers. Die haben genauso viel um die Ohren wie wir und packen es trotzdem, Sonntag für Sonntag in die Kirche zu gehen und in der Gemeinde mitzuarbeiten.«

»Frau Göbel und Frau Kaiser fahren auch mit uns und dem Pfarrer zur Konfirmandenrüste. Ich freue mich darauf.«

Papa Klaus beugt sich über sein Kind, küsst es auf die Stirn und wünscht ihm eine Gute Nacht.

»Danke, Papa. Schlaf du auch schön.«

* * *

Wochen vergehen. Familie Stressinger plagt sich redlich, mit ihrem Alltag zurechtzukommen, jedoch ohne nennenswerten Erfolg.

Einziger Fortschritt seit dem Tag, an dem der Pfarrer sie besucht hat, ist, dass sich Papa Klaus um ein besseres Verhältnis zu seinen Kindern bemüht, wovon vor allem Claudia profitiert, die unter der Verdrossenheit des Vaters am stärksten zu leiden hatte.

Ein schulfreier Tag steht bevor. Claudia fasst sich ein Herz und fragt Papa, ob er nicht einen Tag Urlaub nehmen und mit ihnen auf den Gutshof MIRAKEL fahren könnte. Die Familie hat durch Freunde schon viel von diesem Gut gehört und ist neugierig, den Hof einmal selbst zu erleben. Dort bekommen die Besucher kostenlosen Zutritt zu allen Ställen, Scheunen, Gärten, Plantagen und Feldern, werden mit Produkten der eigenen Wirtschaft beköstigt und in die Arbeit einbezogen, die hier nicht mit moderner Technik, sondern von Hand besorgt wird. Die Gäste haben dabei so viel Spaß, dass sie den Tag auf dem Gutshof als »wunderbar« erleben – darum der Name MIRAKEL.

Papa Klaus hört Claudias Wunsch und will schon protestieren, ehe er sich besinnt und sagt: »Das ist eine gute Idee. Ich wollte mit euch schon längst einmal dorthin, habe es aber immer wieder verschoben.«

Der Start wird auf sechs Uhr in der Frühe festgelegt, damit sie spätestens um acht Uhr am Ziel eintreffen.

Über der Toreinfahrt grüßt ein Riesenspruchband die Besucher:

HERZLICH WILLKOMMEN
AUF MIRAKEL
UNSER MOTTO:
»ZUGELANGT UND ANGEPACKT«

Herr Stressinger parkt das Auto auf dem dafür vorgesehenen Platz neben dem Tor; dann betreten sie den Hof. Sie sind nicht die ersten und auch nicht die einzigen Gäste. Ein Mann, der sich als der »Mirakelinspektor« vorstellt, begrüßt sie herzlich und informiert sie über alles, was für die Besucher zu wissen wichtig ist. »Jetzt gehen Sie erst einmal in den Garten. Dort, unter dem Schauer, können Sie frühstücken. Sie wählen aus, worauf Sie Appetit haben; es ist von allem reichlich da. Anschließend sehen Sie sich hier um und dann sagen Sie mir, wo Sie gern mithelfen möchten.«

Benjamin und Samuel erreichen den Frühstücksplatz als Erste und sind begeistert. Viele verschiedene Brot-, Wurst-, Käse- und Obstsorten stehen zur Auswahl, dazu Milch, Buttermilch und Säfte, Quark, Schmalz, Eier und Butter. Claudia bevorzugt das Obst; Samuel probiert ohne Brot die Käsesorten und Benjamin isst süßen Quark. Auf jedem Tisch steht ein Schild mit derselben Aufschrift wie über dem Hoftor: ZUGELANGT UND ANGEPACKT.

Nach Frühstück und Rundgang entscheiden sich Stressingers für unterschiedliche Arbeiten: Mama Elke und Benjamin gehen in den Garten Beeren pflücken; Papa Klaus fährt mit aufs Feld Frühkartoffeln ernten; Claudia hilft beim Brotbacken in einem nach altem Brauch neben dem Haus gebauten Backofen; und Samuel darf mit einem Mädchen gleichen Alters Gänse hüten.

Zum Mittagessen versammeln sich alle Mitarbeiter des Hofes und ihre Besucher unter dem Schauer. Es gibt Bratkartoffeln und Sülze. Mama Elke traut ihren Augen nicht, als sie sieht, wie es ihren beiden Jungs schmeckt. Daheim tun sie, als müssten sie sterben, wenn das Wort »Sülze« nur genannt wird.

Die Mittagspause dauert anderthalb Stunden. Dann wird die Arbeit fortgesetzt. Wer will, darf wechseln. Claudia hilft, das Kleinvieh zu versorgen; Samuel avanciert zum Kuhhirten. Für einen Nachmittagsimbiss ist gesorgt. Um 18.15 Uhr läutet die Hofglocke den Feierabend ein. Hinter dem Stall gibt es ein »Waschhaus« mit Waschbecken und Duschen. Hier unterziehen sich die Tagesgäste einer mehr oder weniger gründlichen Reinigung. Doch ehe sie heimfahren, sind sie zum Abendbrot unter dem Schauer eingeladen. Der Hausherr bedankt sich persönlich bei den fleißigen Helfern für ihre Arbeit und wünscht ihnen eine gute Heimfahrt.

Papa Klaus nimmt das Mirakel-Schild samt Ständer vom Tisch, geht auf den Gutsherrn zu und fragt ihn, ob er das mitnehmen dürfe; er würde es gern bezahlen. »Mir ist bei Ihrem Motto – erst einmal kräftig zuzulangen und anschließend fröhlich mitanzupacken – ein Licht aufgegangen, von dem ich hoffe, dass es mein Leben entscheidend beeinflussen wird.«

»Ich schenke es Ihnen. Sein materieller Wert ist gleich null. Wenn Sie jedoch mit unserem Leitspruch etwas anfangen können, soll es mich freuen.«

Auf der Heimfahrt bleibt Papa Klaus sehr wortkarg, aber freundlich. Mama und Claudia spüren, dass ihn etwas beschäftigt. Es muss mit dem Schild zusammenhängen, das er sich erbeten hat.

Die Kinder schlafen nach diesem schönen, aber auch anstrengenden Tag sofort ein. Klaus und Elke unterhalten sich noch lange im Wohnzimmer; worüber, das erfahren Claudia und die Jungs in den nächsten Tagen.

* * *

Am Freitag nach dem Abendbrot legt Papa Klaus ein Foto auf den Tisch. Es zeigt ihn und Elke als verliebtes Pärchen eng umschlungen in einem Ruderboot.

»Du warst aber hübsch, Mama. Und Papa sah, als er noch Haare hatte, auch ganz gut aus.«

Die Eltern lachen und bedanken sich für die Komplimente ihres Jungen.

Benjamin kräht: »Und warum seid ihr ohne uns Boot gefahren?«

Samuel spottet: »Weil wir zu der Zeit noch als Quark im Schaufenster lagen.«

»Du spinnst! Stimmt's, Mama? Ich war kein Quark.«

»Natürlich nicht. Aber ihr wurdet erst ein paar Jahre später geboren.«

Papa Klaus rückt näher an seine Frau heran. »Jetzt will ich euch erzählen, was uns beiden einfällt, wenn wir das Bild ansehen. Wir zwei waren sehr verliebt und ebenso glücklich. Wir sind nicht nur gerudert, gewandert und ins Kino gegangen; wir trafen uns jeden Sonntag in der Kirche und donnerstags im Jugendkreis. Als wir heirateten und unsere eigene Wohnung bezogen, erlebten wir plötzlich so viel Neues, dass uns für Gott immer weniger Zeit blieb. In die Kirche gingen wir nur noch ab und zu, das Tischgebet fiel weg und die Bibel verstaubte ungenutzt im Regal. Obwohl ich mir Mühe gab, unserer Familie ein guter Vater zu sein, wurde ich immer unzufriedener und mürrischer. Als Claudia schließlich aus ihrem Konfirmandenunterricht erzählte, was die Bibel über richtige Ernährung sagt, ging mir zum ersten Mal ein Licht auf, wo die Ursache unserer Krise zu finden ist.«

Samuel erinnert sich. »Du meinst das knurrende Herz?«

»Ja, das meine ich. Und warum knurrt es? Weil es Hunger hat nach Gott. Mit jedem versäumten Gottesdienst und unterlassenen Gebet büßt unser Leben Qualitätspunkte ein. Schließlich hat mir unser Besuch auf dem Gutshof MIRAKEL den letzten Anstoß gegeben, dort wieder anzuknüpfen, wo ich Gott mehr oder weniger losgelassen habe. Bei ihm erst kräftig zulangen und dann die Aufgaben anpacken – so wird ein Schuh draus.«

Samuel hat verstanden und protestiert.

»Oh Papa – das soll heißen, wir gehen jetzt jeden Sonntag in die Kirche. Aber ohne mich! Mein Herz knurrt nicht. Was soll ich also dort?«

»Es war ja nicht von dir die Rede, sondern von mir.«

»Ich schließe mich an«, ergänzt Mama Elke, »und bin froh, wenn ich – wie früher – am Sonntagvormittag wieder in die Kirche gehen kann.«

»Ich auch!«, schreit Benjamin. »Tante Sabine erzählt immer so schöne Geschichten. Da habe ich schon viele verpasst.«

»Ihr lasst mich also sonntags ganz alleine hier. Papa, du versprichst mir schon seit Monaten, mir beim Einrichten meines Aquariums zu helfen. Nichts ist daraus geworden. Und jetzt willst du jeden Sonntag in die Kirche rennen? Da bleibt für mich ja erst recht keine Zeit mehr übrig.«

»Genau diese Rechenart ist falsch, mein Junge. Ich habe sie jahrelang praktiziert und bin damit gewaltig auf die Nase gefallen. Gott rechnet anders. Die Zeit, die wir bei ihm zubringen, ist keine vertane, sondern gut angelegte Zeit, für die er reichen Gewinn ausschüttet.«

Samuel strahlt. »Wenn das so viel einbringt, Papa, dann geh doch zusätzlich mittwochs in die Bibelstunde – damit du auch noch Zeit bekommst, mit mir Fußball zu spielen.«

Na also: Der Besuch auf dem Gutshof MIRAKEL hat bei Familie Stressinger tatsächlich Wunder gewirkt.

Des Widerspenstigen Zähmung

Die Turmuhr der Kleinstadt Posemuckel schlägt zehnmal. Die Kirchentür öffnet sich und unter Glockengeläut strömen die Gottesdienstbesucher nach draußen – drei alte Damen zwischen siebzig und neunzig, ein Mädchen und Alex, der neue Koch im Ausflugslokal ZUR FRÖHLICHEN EINKEHR, 24-jährig, noch ledig, aber nicht mehr zu haben. Nein, das wird er sich nie wieder antun, hier in die Kirche zu gehen. Daheim, ja, da ist das ganz anders. »Sein« Pfarrer versteht es, interessante Gottesdienste zu halten, mit flotten neuen Liedern und lebensnahen Beispielen in der Predigt. Auch ist da die Kirche gut besucht und alle Altersgruppen sind vertreten. Warum nur ist er heute überhaupt gegangen? Er hat doch schon beim ersten Besuch gemerkt, dass hier nichts los ist.

Schlecht gelaunt macht er sich auf den Heimweg in seine Einzimmerwohnung in der Birkenstraße.

In seiner Jackentasche klingelt das Handy. Es klingelt natürlich nicht. Telefone klingeln; Handys musizieren – seines zum Beispiel spielt einen Wiener Walzer. »Ja, was ist?«

»Na, hör mal; am Sonntagmorgen so eine eiskalte Begrüßung durch meinen Herzallerliebsten? Du bist wohl mit dem falschen Bein aufgestanden!«

»Das Beste wäre gewesen, heute gar nicht aufzustehen!«

»Nun sag schon, welche Laus dir über die Leber gelaufen ist. Deine schlechte Laune springt ja regelrecht aus dem Handy heraus. Kannst du mir nicht wenigstens einen guten Tag wünschen, wie sich das gehört, du Bullenbeißer?«

»Guten Tach! Zufrieden?«

»Grobian. Das kommt davon, wenn man sonntags nicht in die Kirche geht.«

»Ich war in der Kirche, 60 Minuten lang, mit drei alten Frauen, einem Kind und dem langweiligsten Pfarrer Europas.«

Statt einer Antwort hört Alex aus seinem Mobiltelefon schallendes Gelächter. Wütend bricht er das Gespräch einfach ab, bleibt aber stehen und hofft darauf, dass sie zurückruft, was auch geschieht. Er wartet eine Weile, ehe er sich erneut meldet.

»Na, ist dir inzwischen das Lachen vergangen?«

»Überhaupt nicht. Ich habe es nur unterbrochen, weil ich verhindern möchte, dass du dich wie Rumpelstilzchen in deiner Wut entleibst und ich unsere Hochzeit ohne dich feiern muss.«

»Ach Berit, wenn du hier wärest, sähe die Welt gleich ganz anders aus.«

»Hast du dich denn heute gar nicht über das Evangelium gefreut?«

»Der Pfarrer Kargi predigt so monoton durch die Gegend, dass ich überhaupt nicht zuhören kann.«

»Hättest du mal lieber deine Ohren aufgesperrt, mein Romeo; im heutigen Evangelium steht mein Konfirmationsspruch, Matthäus, Kapitel 6, Vers 33: ›Trachtet zuerst nach dem Reich Gottes und nach seiner Gerechtigkeit, so wird euch alles andere zufallen.‹ Das könnte unser Trauspruch werden. Na, was sagst du nun?«

»Nichts mehr. Doch, ich sag was: Komm ganz schnell zu mir. Ich habe Sehnsucht nach dir.«

»Solange ich noch aus Fleisch und Blut zusammengesetzt bin, kann ich die 300 km nicht so schnell überwinden. Nach unserer Auferstehung wird das einfacher sein.«

»Vorläufig denke ich an keine Auferstehung, sondern an unsere Hochzeit; und ich möchte dich zur Frau haben, solange du noch Fleisch und Blut bist.«

»Meinst du vielleicht, mir ergeht es besser? Ich sitze am Tisch und lerne fürs Staatsexamen, höre die Uhr ticken; aber das Biest tickt nicht ticktack, sondern ›A-lex, A-lex, A-lex‹. Wenn ich den aber anrufe, knurrt der mich nur an: ›Ja, was ist?‹«

* * *

Es gehört sich nicht, dem Gespräch der beiden weiter zu lauschen. Wir überspringen einen Monat und treffen Alex, der zu einem verlängerten freien Wochenende nach Hause gefahren ist, bei seinem Heimatpfarrer Krüger. Ihm hat er eben sein Herz ausgeschüttet und sich über die unzumutbaren Gottesdienste von Pfarrer Kargi beklagt.

»Berit hat mir deinen Kummer schon erzählt. Das ist eine sehr schlimme Sache. Solange du daheim warst, bist du also nicht um Gottes willen in die Kirche gekommen, sondern um meinetwillen. Das trifft mich hart. Offenbar gelingt es deinem Pfarrer Kargi in eurem Posemuckel besser, Gott in den Vordergrund zu stellen. Mensch, Alex. Ich verstehe, was du meinst. Aber es gibt keinen Grund, dort nicht mehr hinzugehen. Es wird doch sicher auch *euer* Gottesdienst mit dem Segen schließen.«

»Ja freilich.«

»Wie kannst du dann behaupten, du würdest aus dem Gottesdienst nichts mit nach Hause nehmen?«

»Wenn ich über eine Stunde in der Kirche sitze, möchte ich schon etwas mehr als den Segen mitbekommen.«

»Ach, sieh mal an. Wenn aber die Eintrittskarten für das Fußballländerspiel verkauft werden, da wartet ihr schon drei Stunden vorher geduldig an der Kasse auf dieses Fetzchen Papier. *Die* Zeit ist euch nicht zu schade. Aber 60 Minuten Wartezeit für einen Wochensegen Gottes sind zu viel.

Jetzt höre gut zu. Den Wert eines Gottesdienstes macht nicht der tolle Pfarrer aus, nicht die flotten Melodien und auch nicht die lebensnahen Beispiele, sondern Gott selbst. Lies nach, wie sich David für das bedankt, was er im Gottesdienst empfängt: ›Ich werde satt von den reichen Gütern deines Hauses.‹ Steht in Psalm 36, Vers 9. Wenn du leer ausgehst, dann ist das nicht die Schuld meines Kollegen, sondern deine eigene.«

»Das zu begreifen fällt mir schwer, Herr Krüger.«

»Mag sein; aber es ist für dich dran. Der Heilige Geist fliegt uns nicht als gebratene Taube in den Mund. Du kennst doch das Gleichnis Jesu: ›Mit dem Himmelreich ist es wie mit einem Schatz, der in der Erde verborgen liegt.‹ In den 60 Minuten sonntags früh in eurer Kirche befindest du dich auf dem Acker, der das Himmelreich in sich birgt. Grabe nach und du wirst herausfinden, dass dich Gott an mindestens einer Stelle ganz direkt erreicht und beschenkt. Mit der Zeit wirst du von diesem Schatz immer mehr finden. Wenn du in ein paar Wochen wiederkommst, will ich deinen Erfahrungsbericht hören.«

* * *

Die freien Tage sind um. Berit hat Alex zum Abschied kurz und kräftig auf den Fuß getreten: »... damit du auch dann noch an mich denkst, wenn ich nicht mehr im Rückspiegel zu sehen bin.«

Die Liebe hat eben ihre eigenen Spielregeln.

An seinem nächsten arbeitsfreien Sonntag sitzt Alex in Posemuckel tatsächlich wieder unter Pfarrer Kargis Kanzel, drei Bänke vor den alten Damen und eine Bank hinter dem Mädchen, von dem er annimmt, dass es eine Konfirmandin ist, die ihre festgelegte Anzahl Gottesdienste ableisten muss.

Er seufzt. Wenn wenigstens Berit neben ihm sitzen würde. Die hat es gut. Sie feiert daheim einen richtig schönen Gottesdienst. Hier ist alles so mager wie der Besuch. Noch nicht mal den Blumenstrauß auf dem Altar haben sie für heute frisch gemacht.

Die Orgel setzt ein. Das erste Lied wird gesungen, langsam und kläglich. Eine Begrüßung – wie daheim – gibt es nicht. Der Pfarrer müht sich vergebens um den richtigen Ton zur Liturgie. Gebete, Lesungen und Glaubensbekenntnis werden – genau wie das Vaterunser am Schluss des Gottesdienstes – heruntergeschnurrt, viel zu schnell, als dass man mit seinen Gedanken folgen könnte. Die Predigt kann man vergessen. Der Text aus einem Paulusbrief beginnt: »So ermahne ich euch nun ...« Das inspiriert Pfarrer Kargi, die verschiedensten Mahnungen aufzuzählen, mit denen wir es im Alltag zu tun bekommen: Die Mutter ermahnt die Kinder, sich vor dem Essen die Hände zu waschen; der Lehrer mahnt die Schüler zur Ruhe und Disziplin; der Handwerker mahnt die Bezahlung einer Rechnung an, das Finanzamt die noch ausstehende Steuererklärung für das vergangene Jahr – und Paulus ermahnt die Christen zu Demut, Sanftmut und Geduld. Amen. Das war's für die fünf Gläubigen in der Posemuckler Kirche! Alex kann den Schatz vom Acker, von dem Pfarrer Krüger gesprochen hat, beim besten Willen nicht finden.

Der Gottesdienst schließt mit dem Segenswort: »Gehet hin im Frieden Gottes. Der Herr segne dich und behüte dich; der Herr lasse leuchten sein Angesicht über dir und sei dir gnädig; der Herr erhebe sein Angesicht auf dich und schenke dir Frieden.« Aber auch das lässt Alex kalt.

Beim Hinausgehen trifft er mit dem Mädchen zusammen. Er fühlt sich dazu berufen, ihm ein tröstliches, mitfühlendes Wort zu sagen. »Wie oft musst du denn zum Gottesdienst kommen, um konfirmiert zu werden?«

»Ich bin längst konfirmiert. In einem Vierteljahr werde ich heiraten.«

Alex ist so erschrocken, dass er ganz verlegen stottert: »Oh, verzeihen Sie mir bitte … Von hinten war das nicht zu sehen.«

Das Mädchen lacht. »Du bist nicht der Erste, der sich in meinem Alter verschätzt. Deswegen musst du aber nicht gleich Sie zu mir sagen. Ich heiße Marie und komme jeden Sonntag gern in den Gottesdienst.«

»Der Pfarrer ist wohl dein Vater.«

»Aber nein. Ich bin erst vor einem halben Jahr hierher gezogen, als Kindergärtnerin. Und du?«

»Ich arbeite seit ein paar Wochen in der FRÖHLICHEN EINKEHR als Koch.«

»Dir gefällt es wohl in unserer Kirche nicht?«

»Nun sag bloß, dir machen diese Gottesdienste Spaß.«

»Ich gehe doch nicht in die Kirche, um Spaß zu haben, sondern weil ich die Nähe Gottes brauche.«

»Und hat dich dieser Gottesdienst befriedigt?«

»Ja.«

»Hast du ein paar Minuten Zeit zu einem Spaziergang? Ich würde dich gern manches fragen.«

»Ich habe. Mach deinem Herzen Luft.«

»Was in aller Welt hat dir diesen Gottesdienst lieb gemacht? Die Predigt enthielt keine ›Frohe Botschaft‹, sondern massenweise Mahnungen, und das Übrige wurde dürftig heruntergelesen. Der Mann bringt es ja noch nicht einmal fertig, sich am Schluss von den Leuten zu verabschieden.«

»Wie sollte er auch? Er ist längst im Pflegeheim zum Gottesdienst und heute Nachmittag und Abend in noch zwei Orten unseres Kirchspiels. Du tust ihm unrecht. Ich gebe zu, dass seine Art nicht gerade die mitreißendste ist. Aber trotz allem bleibt der Gottesdienst das, was er schon immer war: Begegnung mit Gott.«

»Mir ist er aber heute eben nicht begegnet. Sogar der Segen am Schluss hat mich unberührt gelassen.«

»Kein Wunder. Du schaltest einfach ab, um am Ende den Beweis zu haben, dass Herr Kargi ein mieser Pfarrer und die Gemeinde Posemuckel eine tote Hose ist. Gott war aber da. Ich habe ihn erlebt. Hast du wenigstens die Lieder kräftig mitgesungen?«

»Na, so lala.«

»Mit ›so lala‹ kann natürlich nichts werden. Unser erstes Lied heute hieß: ›All Morgen ist ganz frisch und neu des Herren Gnad und große Treu.‹ Schon allein diese Aussage ist doch wohl ein paar Kilo Freude wert. Und dann hat der Pfarrer den Wochenspruch genannt: ›Unser Glaube ist der Sieg, der die Welt überwunden hat.‹«

»Den Satz habe ich noch nie kapiert.«

»Dann versuch doch einmal, ihn zu verstehen.«

»Ich und siegen. Das ist zum Lachen. Du siehst ja, dass ich noch nicht mal einen Gottesdienst richtig einschätzen kann.«

»Wer redet denn von *deinem* Sieg? Jesus ist Sieger – auch über deinen Ärger. *Das* glauben wir!«

»Ja schon, aber …«

»Kein ›aber‹. Freilich, Pfarrer Kargi erscheint etwas unbeholfen. Doch wenn du ihn einmal persönlich kennen lernst, kannst du ihn richtig lieb gewinnen. Ich bete für ihn.«

»Du siehst zwar aus wie ein Kind, aber du

hast die Reife Methusalems. Wer ist eigentlich dein Mann?«

»Vorläufig ist er mein Verlobter. Das Mann- und Frausein sparen wir uns auf bis nach der Hochzeit. Er fährt zur See und kommt in zehn Wochen heim. Dann heiraten wir und haben fast drei Monate füreinander Zeit, ehe er wieder abreist. Und du? Bist du auch in festen Händen?«

»Das kann ich wohl sagen, aber meine Berit wohnt vier Autostunden von mir entfernt; viel zu weit, um das beherrscht zu ertragen. Sobald sie ihr Staatsexamen hinter sich gebracht hat, heiraten wir.«

»Und habt ihr vor, hierher zu ziehen?«

»Voraussichtlich ja. Ich werde als Koch gebraucht und Berit als Lehrerin.«

»Na bestens. Da können wir ja Freunde bleiben und mit unseren Familien nach und nach den Gottesdienst bevölkern.«

* * *

Berit zeigt sich nicht eifersüchtig, als Alex ihr über Handy von seiner Begegnung mit der vermeintlichen Konfirmandin erzählt.

»Sie hat mir ganz schön zugesetzt.«

»Prosit – es möge dir nützen und deinen Dickkopf aufweichen«, das ist alles, was sie dazu sagt.

Ihr Wunsch erfüllt sich. Alex, der Widerspenstige, ist zur Zähmung bereit. Er lernt es, in der Posemuckeler Kirche Gott zu begegnen, und wenn er ehrlich ist, erlebt er ihn intensiver als daheim. Da erwartet er in erster Linie gute Freunde, einen von allen geschätzten Pfarrer und dessen brillante Einfälle. Hier aber segnet ihn Gott durch sehr viel bescheidenere Umstände. Da gilt es, genau hinzuhören, um nichts zu versäumen. Seine geistliche Grundversorgung ist gesichert.

Pfarrer Krüger hat ihm aber gesagt, dass Gottesdienstbesucher Schatzgräber sind. Alex besorgt sich ein Oktavheft. Dahinein will er alle Kostbarkeiten schreiben, die er beim Graben findet, die ihn erbauen, trösten, ermahnen und erfreuen – und das unabhängig von dem Pfarrer, der den Gottesdienst hält.

Sooft er in die Kirche gehen kann, trägt er vorher den Namen des Sonntags ein und ist gespannt, welche Sonderzuteilungen Gott ihm diesmal schenken wird.

Auf alle Fälle freut sich Alex wie früher

von einem Gottesdienst auf den anderen. Das heilige Abendmahl würde er allerdings sehr gern öfter feiern; doch in Posemuckel steht es nur am ersten Sonntag im Monat auf dem Programm.

Als er endlich wieder einmal zu einem langen Wochenende heimfahren kann, besucht er mit Berit zusammen Pfarrer Krüger, der seinen Rapport erwartet. Alex überreicht ihm sein »Berichtsheft«. Pfarrer Krüger liest darin, nickt und schmunzelt.

19. Sonntag nach Trinitatis: Der Kantor hat zum Ausklang auf der Orgel – ohne es freilich zu wissen – mein Lieblingslied gespielt:
Stern, auf den ich schaue, Fels, auf dem ich steh ...«
20. Sonntag nach Trinitatis: Aus dem Wochenlied 295 der Satz:
»Wenn du mich leitest, treuer Gott, so kann *ich ...«*
23. Sonntag nach Trinitatis: Fehlanzeige.
Ewigkeitssonntag: Aus der Predigt: Inschrift eines Grabsteines: »Gunter Helm / Geboren, um zu sterben, am 22. Juni 1939 /

Gestorben, um zu leben, am 1. April 2003.«
Das ist gut geglaubt und noch besser gelebt!
Wir sind heute zu zwölft!
2. Advent: Die Fußbodenheizung wärmt mich gründlich durch und sie erinnert mich an ein Jesuswort aus der Offenbarung, das ungefähr so heißt:
»Hüte dich davor, dass dein Glaube kalte Füße kriegt. Gott liebt dich heiß!«

Pfarrer Krüger gibt Alex sein Heft zurück.

»So gefällst du mir schon wesentlich besser, Alex.«

»Ich mir auch, Herr Krüger.«

»Hast du inzwischen zu deinem Pfarrer mal Verbindung aufgenommen?«

»Ja, habe ich. Er hat mich gleich gefragt, was ich in der Kirche manchmal schreibe. Ich erzählte es ihm; da guckte er mich ganz erstaunt an. ›Finden Sie denn in meinen Gottesdiensten Bemerkenswertes?‹ Als ich ihm antwortete: ›Aber ja!‹, leuchteten für einen Moment seine Augen.«

»Gut so, Alex. Ich werde deine Erfindung des sonntäglichen Berichtsheftes zur Nachahmung weiterempfehlen« – was er hiermit tut.

Therapie mit Schwert und Öl

Die Zirkusmusikkapelle spielt einen Tusch. Das Nummerngirl zeigt die nächste Darbietung an: »TEMPORELLO, der rasante Jongleur auf galoppierendem Pferd«.

Im Sattelgang entsteht Unruhe. Das Publikum merkt, dass irgendetwas nicht stimmt.

Es vergehen einige Minuten, dann tritt der Spielleiter in die Manege und erklärt, dass die eben angekündigte Darbietung heute ausfallen müsse. Der Artist sei soeben verunglückt. Das Programm werde aber weitergeführt.

Kurze Zeit später fährt der Rettungswagen durch den Versorgungseingang bis hinter das Zelt. »Temporello« – für die Vorstellung kostümiert – wird auf eine Trage gebettet, in den Krankenwagen geschoben und in die Klinik gefahren.

Was ist passiert? Der Artist hat sich mit einigen Übungen hinter dem Zelt für seinen Auftritt warm gemacht. Ein Tierpfleger führt das Pferd, das für die Darbietung gebraucht wird, an ihm vorbei in den Sattelgang. Urplötzlich scheut das Tier – keiner kann sagen, wovor –, schlägt mit dem linken Hinterfuß aus und trifft den Jongleur am Knie. Den schleudert es ein paar Meter zur Seite, dort bricht er zusammen.

Im Krankenwagen erwacht er aus seinem Schockzustand. Er weiß plötzlich wieder alles, was mit ihm geschehen ist, fühlt den Schmerz und ihm ist klar, dass die Kniescheibe hin ist.

Die Röntgenaufnahmen und die Untersuchung des Facharztes bestätigen diesen Befund.

Als Till – so der Vorname des Artisten – schließlich in ein Krankenzimmer gebracht wird, erwartet ihn hier schon Maritta, die Kassiererin der Vorkasse. Sie gehört zu den wenigen des Ensembles, die während der Vorstellung den Zirkus verlassen können.

»Mensch, Till, was machst du denn für Sachen?!«

»Ich? Da musst du Cäsar fragen. Doch der kann nicht reden. Aus heiterem Himmel schlägt er jedenfalls nicht um sich. Wer weiß, was los war. Tatsache bleibt: Meine Kniescheibe ist im Eimer.«

»Hast du Schmerzen?«

»Nicht die Bohne. Wo sollten die auch herkommen? Mein Kopf ist gesund, meine Arme, Hände, Füße, auch meine Därme sind noch alle im Bauch, alles bestens.«

»Verzeih mir bitte. Das war eine saublöde Frage. Was soll nun werden?«

»Das Krankenhaus fordert aus dem Ersatzteillager für mich eine neue Kniescheibe an. Doch bis die eingesetzt werden kann, vergehen Wochen, weil im Knieinneren einiges abheilen muss.«

»Brauchst du etwas?«

»Ich brauche alles. Geh in mein Abteil. Auf dem Schrank liegt eine Reisetasche. In die packst du ein, was dir dein weiblicher Instinkt nützlich erscheinen lässt.«

»Da muss ich ja in alle deine Kästen und Fächer gucken.«

»Na und? Ich habe keine Geheimnisse darin liegen. Du kannst sie ja bei der Gelegenheit gleich mal aufräumen. Das Portemonnaie findest du auf dem Regal, es steckt in einer Videokassettenhülle mit der Aufschrift: ›Spielfilm 90 Minuten: *Keine Chance für Bankräuber*‹. Es müssten sich noch ein paar Scheine darin finden. Mehr Bargeld habe ich nicht im Wagen. Wenn du gepackt hast, gibst du den einen Schlüssel beim Chef ab, den anderen behältst du. Sie hängen unter der Jacke neben der Tür.«

»Ich bin ja froh, dass du nicht zerknirscht hier liegst. Du wirst viel Geduld brauchen, Till.«

»Ich weiß. Grüß die Truppe. Und ehe du verschwindest, bekomme ich ein Küsschen von dir. Vielleicht lindert das die Schmerzen besser als die Zäpfchen im Hintern.«

* * *

Am nächsten Morgen kommen der Direktor und Maritta zu Till ins Krankenhaus. Während das Mädchen die Tasche auspackt, unterhält sich der Chef mit dem Artisten über Versicherungsangelegenheiten und Ersatzmöglichkeiten für die ausgefallene Darbietung. Nebenbei beobachtet Till, was Maritta mitgebracht hat und wohin sie es verstaut. Er nickt ihr anerkennend zu. »Dein weiblicher Instinkt hat dich gut beraten. Sogar an den Rasierapparat hast du gedacht.«

»Zum Selbstschutz, damit du mich nicht zerkratzt, falls du mal wieder ein Küsschen von mir haben willst.«

Der Arzt kommt dazu. Er tröstet schlecht.

Wenn das Knie überhaupt wieder so gut heilt, dass der Artist seine Arbeit fortsetzen kann, werden Monate vergehen.

Der Direktor seufzt. »Das sind keine guten Aussichten. Wir stehen noch acht Tage hier in Dresden. Solange kommt immer mal einer von uns her und guckt nach dir. Was wird aber, wenn wir weiterfahren? Wir setzen nächsten Freitag um nach Erfurt.«

»Ich habe vor zwei Jahren zu Silvester ein paar Kumpel kennen gelernt, die wohnen hier in der Nähe. Ich rufe sie an. Sie wollten mich morgen sowieso besuchen. Also werde ich sie nach hier umleiten. Maritta, du bist ein Ass. Du hast sogar mein Adressbuch mitgebracht – und mein Schwert. Ich danke dir.«

Der Arzt erschrickt, als er etwas von einem Schwert hört. Bei einem vom Zirkus muss man auf alles gefasst sein. Aber was zu viel ist, ist zu viel. »Ein Schwert im Krankenhaus? Mit wem wollen Sie denn kämpfen? Ich bringe keine Schwester dazu, in Ihr Zimmer zu gehen, wenn die wissen, dass Sie eine Waffe bei sich haben.«

Till lacht. »Seien Sie unbesorgt, Herr Doktor. Mit *dem* Schwert erschlage ich keinen Menschen.«

Doch der Arzt fühlt seine Verantwortung und besteht darauf, das Schwert zu sehen. Daraufhin öffnet Till den Reißverschluss eines braunen Lederetuis und es kommt eine Bibel zum Vorschein. Jetzt ist es der Arzt, der laut lacht. Er nickt seinem Patienten freundlich zu. »Aha, Epheser 6. Herzlichen Glückwunsch, junger Mann. Mit diesem Schwert überleben Sie Ihre Krankheit. Es wird unsere ärztliche Kunst kräftig unterstützen.« Damit verabschiedet er sich und verlässt das Zimmer.

Maritta steht am Fußende des Bettes; der Direktor hat sich auf einem Stuhl niedergelassen.

»Ich verstehe hier Bahnhof. Was war das eben mit dem Schwert und wer ist der Erpresser Nummer 6?«

Maritta klärt den Bibelunkundigen auf. »Herr Direktor, es war von keinem Erpresser die Rede, sondern von einem biblischen Buch namens ›Epheser‹. Dort wird im sechsten Kapitel das Wort Gottes mit einem Schwert verglichen, mit dem wir uns verteidigen sollen.«

»Das verstehe ich genauso wenig. Ein Schwert ist eine Waffe. Ich denke, Gott ist für den Frieden?«

Till nimmt das Buch in die Hand. »Sie denken richtig. Aber es gibt Feinde, die diesen Frieden stören. Bedenken Sie, was in mir losgeht, wenn ich die ersten Tage im Krankenhaus hinter mich gebracht habe. Der Zirkus fährt weiter. Ich liege hier mit dem kaputten Knie und schon nisten sich Sorgen und Ängste um die Zukunft in meinem Herzen ein. Gegen alle Mutlosigkeit und Ungeduld gibt uns Gott sein Wort als Waffe in die Hand.«

»Ich helfe mir in solchem Fall mit einem Schluck aus der Flasche.«

»Das ist überhaupt keine Hilfe. Der Schnaps tötet die Gangster doch nicht – im Gegenteil, er füttert sie fett. Darauf lasse ich mich nicht ein. Wenn ich aber einen Psalm der Bibel lese und bete, müssen die Scheusale weichen. Sie können der Macht Gottes nicht standhalten.«

»Ihr kennt euch wohl beide in diesem Buch aus?«

»Ja. Ab und zu lesen wir sie zu dritt – mit dem Clown Vernado.«

»Bibeln in meinem Zirkus? Das gab es noch nie!«

»Aber Herr Direktor, Ihre Frau hat doch selbst eine in ihrem Stubenbuffet stehen.«

»Die ist ein Erbstück ihrer Großmutter. Aber darin lesen wir nicht. Na gut, Till, Ich wünsche dir baldige Besserung. Behalte den Kopf oben. Dass du im Programm ausfällst, ist für uns alle schlimm. Du warst unsere Zugnummer. Für dich Ersatz zu finden wird nicht leicht werden. – Maritta kann ja noch bei dir bleiben. Ich fahre zum Zirkus zurück.«

»Nein, Chef. Ich muss um zehn Uhr an der Kasse sitzen. Ich fahre mit Ihnen.«

Kurzer Abschied – ein Händedruck vom Direktor, ein Küsschen von Maritta –, die Tür schließt sich, Till bleibt allein.

* * *

Schwester Sonja meldet dem Patienten Besuch an. »Zwei Männer und eine Frau wollen zu Ihnen.«

»Ich habe schon auf sie gewartet. Nur immer hereinspaziert.«

Walter, Heiner und Isolde treten ein. Till hat sie während einer Silvesterbibelrüstzeit im Harz kennen gelernt. Seitdem sind sie in Verbindung geblieben.

»Wir wollten dich hoch zu Ross jonglieren sehen, stattdessen liegst du hier faul im Bett.«

Till singt frei nach Pippi Langstrumpf: »›Faul sein ist wunderschön, denn die Arbeit hat noch Zeit.‹ Ich bin guter Hoffnung, dass es nicht allzu lange dauert.«

Isolde lacht: »Du bist in Hoffnung? Wann sind denn die neun Monate um? Bei *der* Entbindung übernehme ich die Rolle der Hebamme.«

Till stößt sie mit dem Fuß seines gesunden Beines leicht gegen die Hüfte. »Freches Biest!«

Die Freunde haben sich viel zu erzählen. Ehe sie sich verabschieden, beten sie miteinander. »Jesus, bitte, schenke Till die nötige Geduld und den Glauben, dass dieser Unfall für ihn nicht sinnlos ist. Segne bitte die Ärzte und die Schwestern. Lass es ihnen gelingen, unserem Freund zu helfen. Amen.«

* * *

Wochen später.

Eine neue Kniescheibe ist eingesetzt; doch der Körper wehrt sich gegen den Ersatz. Die Heilung kommt nicht voran.

Tills Hoffnung auf eine baldige Rückkehr in den Zirkus schwindet dahin. Während er sonst gern mit den Schwestern gescherzt hat, finden sie ihn jetzt oft teilnahmslos und mit dem Gesicht zur Wand gekehrt im Bett liegen. Auch dem Arzt fällt es auf.

»Herr Temporello, greifen sie nicht mehr zum Schwert oder ist es Ihnen stumpf geworden?«

»Ich weiß es nicht, Herr Doktor. Ich bete und lese die Bibel nach wie vor jeden Tag. Aber der Knoten löst sich nicht aus meiner Seele.«

»Nicht aufgeben, Herr Temporello. Wir tun in Gottes Namen, was wir können. Es wird gut werden mit Ihnen.«

* * *

An einem Sonntagnachmittag besuchen Walter, Heiner und Isolde ihren Freund zum wiederholten Male. Auch ihnen ist es längst aufgefallen, dass Till nicht mehr der Alte ist.

»Wir beten täglich für dich; Maritta tut es gewiss auch und dein Berufskollege Vernado ebenfalls.«

»Ich kann's nicht ändern. Es gibt Tage, da komme ich mit meiner Situation ganz gut zurecht. Dann falle ich in das nächste Loch und möchte mich am liebsten für immer darin vergraben – trotz aller eurer und meiner eigenen Gebete.«

Heiner hat sich auf Tills Bettkante gesetzt, was von den Schwestern nicht so gern gesehen wird.

»Wie ist das eigentlich mit deiner Jonglierei? Bist du da immer gleich bleibend gut?«

»Wo denkst du hin? Es kommt vor, dass ich schon zu Beginn meines Auftritts den richtigen Zeitpunkt zum Sprung auf das Pferd verpasse – dann fallen mir auch noch die Keulen in die Sägespäne.«

»Und? Was unternimmst du dagegen?«

»Zusätzliche Proben sind das beste Mittel, wieder in Schwung zu kommen.«

»Das habe ich mir gedacht. Dasselbe Muster gilt für deinen Seelenzustand. Manchmal sind die Gebete nicht ausreichend. Du brauchst eine verstärkte Dosis Segen. Gott weiß das.«

»Du meinst, ich soll noch mehr beten?«

»Nein, das meine ich nicht.« Heiner nimmt Tills Bibel vom Nachttisch und schlägt den

Jakobusbrief auf. Er liest aus dem fünften Kapitel: »Ist jemand unter euch krank, der rufe zu sich die Ältesten der Gemeinde, dass sie über ihm beten und ihn salben mit Öl in dem Namen des Herrn. Und das Gebet des Glaubens wird dem Kranken helfen, und der Herr wird ihn aufrichten …«

Walter meint: »Bleibt nur die Frage, ob du uns als ›Älteste‹ akzeptierst, obwohl wir so jung an Jahren sind wie du selber.«

»Vergiss es. Jakobus meint bestimmt keine ›alten Herren‹, sondern Menschen, die im Glauben erfahren sind. Ich vertraue euch – nur war ich selbst bisher bei keiner Salbung zugegen und kenne niemanden, der sie praktisch anwendet, obwohl sie in der Bibel empfohlen wird.«

Heiner erzählt, dass ihn, als er mit Hirnhautentzündung in der Klinik lag, sein Pfarrer mehrfach gesalbt habe. »Es hat mir echt gut getan und sehr geholfen.«

»Trotzdem begreife ich nicht«, fragt Isolde, »was das Öl dabei soll. Ist das als Medizin gedacht?«

»Nein. Aber Öl und Wein gehörten im alten Orient zur Wundbehandlung in jede Hausapotheke. Der barmherzige Samariter goss es auf die Wunden des von den Räubern misshandelten Reisenden. Also war Öl für die Christen das nächstliegende Zeichen für Gottes Segen beim Gebet am Krankenbett.«

Walter denkt praktisch: »Öl finde ich okay. ›Wer gut schmiert, der gut fährt‹, genau das Richtige für Till.«

Isolde überlegt: »Und wo nehmen wir das jetzt her?«

»Wir fragen die Schwester, ob sie Öl hat. Wir brauchen nur ein paar Tropfen.«

Das Mädchen geht und kommt tatsächlich mit einem zur Hälfte mit Öl gefüllten Medizinglas zurück. »Es ist allerdings Rizinusöl. Geht das auch?«

Till schmunzelt und nickt. »Es scheint mir bestens für diesen Zweck geeignet zu sein. Da wird den schlimmen Geistern in meiner Seele gleich der passende Weg gewiesen, auf dem sie schleunigst zu verschwinden haben.«

Die drei verteilen sich um das Bett; sie bedanken sich bei Gott, dass er für Till einsteht, und sie bitten ihn, seine Hände auf das verwundete Knie und auf Tills betrübte Seele zu legen, damit sein fröhlicher Glaubensmut in ihn zurückkehrt.

»Wir halten uns an dein Wort, Vater, und

tun, was uns Jakobus rät: Wir salben Till in deinem Namen mit Öl. Halleluja, amen.«

Heiner taucht seinen Finger in das Glas und zeichnet mit dem Öl ein Kreuz auf Tills Stirn; die beiden anderen tun es ihm nach. Dann legen sie ihre rechte Hand auf seinen Kopf und segnen ihn mit einem Bibelwort, das sich jeder vorher überlegt hat.

Till bedankt sich bei Gott für die Freunde und dafür, dass sie ihm helfen, mit seinem Problem fertig zu werden. »Guter Gott, ich glaube; hilf meinem Unglauben.«

Gemeinsam beten sie das Vaterunser.

* * *

Als die drei Till nach vierzehn Tagen wieder besuchen, sitzt der im Trainingsanzug auf dem Bettrand.

»Hallo, wie geht es dir? Spring uns mal was vor!«

»Ihr habt vielleicht eine Ahnung. Am Montag nach eurem Besuch musste das Knie noch einmal operiert werden. Dabei hatte ich im Hinterstübchen meines Herzens gehofft, die Salbung mit Öl könne ein Wunder auslösen und mich von heute auf morgen gesund machen. Irrtum. Ein für mich sehr nützliches Wunder geschah, aber zunächst nicht an meinem Knie, sondern in meiner Brust. Ich fühle mich seit eurer Segnung genauso geschützt und gut wie an der Longe, an die ich mich immer dann hänge, wenn ich einen neuen Trick für meine Jonglierererei auf dem Pferd probiere.

Nur vorigen Donnerstag verließ mich plötzlich aller Mut, als der Arzt bei der Visite verkündete, dass meine Überweisung in die Reha-Klinik noch einmal um mindestens zehn Tage hinausgeschoben werden müsse. Ich konnte aber gar nicht so schnell durchhängen, wie Gott eingriff. Kurz nach der Visite brachte mir Schwester Monika die Post ans Bett – einen Gruß von Maritta aus dem Zirkus.«

Till fasst in seinen Nachttischkasten, zieht die Karte heraus und drückt sie Walter in die Hand. Der liest den Spruch auf der Vorderseite: »›Fürchte dich nicht, du von Gott Geliebter! Friede sei mit dir! Sei getrost; sei getrost!‹ Das steht bei Daniel im zehnten Kapitel.«

»Ja, und mit diesem Bibelwort schlug Gott dem Schreckgespenst ›Verzagen‹ wie mit einem scharfen Schwert den Kopf ab und für mich schien wieder die Sonne.«

Heiner packt ihre Mitbringsel aus: drei Tafeln weiße Schokolade – weil sie wissen, dass Till die gern isst –, zum Zeitvertreib ein Steckspiel für eine Person, außerdem etliche Flaschen Orangensaft. Die Blumen hat ihm Isolde schon bei ihrem Hereinkommen gegeben und auch gleich eine Vase dafür besorgt.

»Ihr seid Spitze! Und ehe ihr wieder verschwindet, greift ihr noch einmal zu Gebet und Öl.«

Isolde erschrickt. »Jetzt weiß ich, was ich vergessen habe. Ich wollte ein kleines Fläschchen reines Pflanzenöl mitbringen.«

»Mach dir keinen Kopf drum, Mädchen. Es ist noch genug Rizinus da vom letzten Mal. Schwester Monika hat es mir in ein kleines Medizinfläschchen gefüllt – sicher in weiser Voraussicht, dass eine Wiederholung der Prozedur mir nützt. Übrigens ist Rizinusöl für solche Salbung geradezu ideal. Die mich quälenden Geister rutschen – getrieben von euren Gebeten und dem Machtwort Gottes – im Eiltempo aus mir heraus. Die Schwester wusste sogar, dass die Pflanze in den Naturkundebüchern ganz offiziell die Namen ›Wunderbaum‹ beziehungsweise ›Christuspalme‹ trägt.«

Isolde nickt.

»Es ist mir schon klar, dass Gott die Wirkung nicht von der Ölart abhängig macht. Trotzdem würde ich ihm lieber ein sanftes Babyöl zum Handeln anbieten als Motorenöl oder Rizinus.«

Till legt sich lang aufs Bett und faltet seine Hände.

»Ans Werk, Freunde. Gott steht schon bereit, mir Gutes zu tun. Ich werde seinen Beistand für die nächsten Wochen bitter nötig haben. Und wenn außer meiner Seele auch das Knie etwas von seinem Segen abbekommt, soll mir das recht sein.

Anschließend gebe ich euch eine Vorstellung auf Krücken und laufe mit euch – ohne Fahrstuhlbenutzung – nach unten in unser Klinik-Café ›Törtchen‹. Dort spendiere ich Eis mit heißen Himbeeren. Guck nicht so entsetzt, Isoldchen. Ich respektiere deine beständige Sorge um den Erhalt deiner Traumfigur. Dir lasse ich das Eis selbstverständlich ohne Sahne servieren.«

Die Gefoppte kontert. »Ich hoffe, der liebe

Gott heilt nicht nur dein Knie, sondern auch deine freche Zunge.«

Damit ist alles geklärt und die heilsame Handlung kann beginnen.

Höchste Zeit für den Osterhasen

Jakob hat sich heute verspätet. Als er die Gaststubentür öffnet, ruft einer der vier Männer am Stammtisch: »Wenn man den Esel nennt, kommt er schon gerennt!«

»Besten Dank für diesen edlen Willkommensgruß.«

»Und? Mach Meldung, Jakob. Wir sind gespannt.«

Der lässt sich aber Zeit, klopft mit der Hand auf den Tisch und setzt sich zu seinen Stammtischbrüdern. Die sehen ihn erwartungsvoll an.

»Also ... 14.45 Uhr nach mitteleuropäischer Zeit, ein Mädchen, 3750 Gramm, 58 cm.«

Jakob nimmt den vierfachen Glückwunsch stolz entgegen.

»Nachmachen!«

»Du tust ja gerade so, als hättest *du* das Kind zur Welt gebracht.«

»Hast einen fleißigen Schwiegersohn, Jakob. Alle Achtung! Das fünfte Kind!«

»Du wirst wohl anbauen müssen. Wer weiß, ob nicht noch ein paar Enkel dazukommen. Deine Susanne und ihr Mann haben's drauf.«

»Ich besitze kein Haus, an das ich anbauen könnte.«

»Jetzt mach einen Punkt. Hast du es etwa den Kindern überschrieben?«

»Schon vor einem Vierteljahr.«

»Hast du es wenigstens auf den Namen deiner Tochter eintragen lassen?«

»Wieso Tochter, wenn ich einen Sohn habe?«

»Du einen Sohn? Einen Schwiegersohn hast du. Das ist ein Unterschied.«

»Wenn der deine Susanne eines Tages sitzen lässt, gehört ihm das Haus und ihr könnt ausziehen.«

»In euren Köpfen spukt der Horrorteufel. Robby macht keine halben Sachen, so viel habe ich inzwischen mitgekriegt. Entweder richtig oder überhaupt nicht. Wenn er etwas macht, habe ich mir zwar schon manchmal gewünscht, er würde es nicht ganz so genau nehmen, damit es schneller geht. Aber nein, er bleibt bei seiner Gründlichkeit – und das lohnt sich. So hält er es immer. Wenn der zu Susanne Ja gesagt hat, bleibt er dabei; dafür lege ich meine Hand ins Feuer.«

»Dass du dir dabei nur nicht die Finger verbrennst.«

Der Altbauer Leif zieht eine überlegene Miene und seine Stirn in Falten. »Lass es dir sagen, Jakob. Es war ein Fehler, das Haus aus den Händen zu geben. Solange ich lebe, bleibe ich der Eigentümer und habe im Hause das Sagen. Ich mache mich doch nicht zum Untermieter auf meinem eigenen Grundstück.«

»Du triffst deine Entscheidung. Ich treffe meine. Mir ist es nicht wichtig, im Hause der Herr zu sein, sondern Frieden zu haben. Lassen wir den jungen Leuten freie Hand. So klug wie wir sind die allemal – sie sind schließlich unsere Kinder.«

»Dein Schwiegersohn hat nicht dein Blut.«

»Aber meine Tochter hat ihn ausgesucht. Außerdem: Seit ich das Haus los bin, genieße ich so richtig meinen Großvater-Job.«

* * *

Jakob sitzt in seiner Stube und liest die Bildzeitung. Es steigt jemand die Treppe nach oben. Noch bevor es an seiner Tür klopft, weiß er, dass Daniel zu ihm kommt – der Neunjährige. Er hört es am Schritt.

»Hereinspaziert, mein Junge. Wie war es in der Schule? Hatte der Lehrer gute Laune?«

»Oh ja, Großvater, sehr gute. Er ließ uns eine Stunde früher heimgehen, weil seine Zahnschmerzen gar zu arg wurden. – Großvater, wirst du auch fasten?«

»Was werde ich?«

»Fasten. Auf was verzichten, was dir schwer fällt.«

»Wie kommst du denn darauf?«

»Papa hat es uns gestern beim Abendbrot erklärt. Nächsten Dienstag ist Fasching. Ab Mittwoch denken wir vierzig Tage an Jesus, wie er gequält und ans Kreuz genagelt wurde. Weil ihm das so weh tat und er es doch für uns gemacht hat, wollen wir auch ein bisschen was aushalten, was weh tut. Aber vierzig Tage sind lange!«

»Willst du dir jeden Tag das Knie aufschlagen?«

»Nein, Großvater. Aber es gibt bis zu Ostern für alle kein Nutella, nur die eklige Stachelbeermarmelade, kein Fernsehen und keinen Gameboy. Das ist viel schlimmer als ein blutiges Knie. Und weil wir doch da so viel Zeit übrig haben, bekommen wir drei Großen von Papa jeder ein Heft. Dahinein schreiben wir alles, was die bösen Männer mit Jesus gemacht haben. Ich darf es aus meiner Kinderbibel abschreiben. Und wir malen Bilder dazu. Großvater, fastest du auch?«

»Ach Daniel. Ich bin schon alt, da muss man sowieso auf vieles verzichten – und nicht nur sechs Wochen. Auf Großmutter verzichte ich nun schon drei Jahre.«

»Tut das weh?«

»Ja, sehr.«

»Aber deinen Fernseher hängst du nicht zu?«

»Nein.«

»Da kann ich ja bei dir wenigstens das Sandmännchen gucken. Hast du Nutella?«

»Nein. Und wegen des Fernsehens musst du deinen Papa fragen. Fasten ist fasten.«

»Findest du fasten gut, Großvater?«

Jakob überlegt.

»Ich habe nie darüber nachgedacht. Es kann nützlich sein. Gewiss freut man sich doppelt, wenn man nach dem Fasten alles wieder hat.«

»Wir fasten, bis Jesus tot ist. Aber dann hat Gott ein Erdbeben geschickt und gerufen: ›Steh auf, Jesus, und lebe!‹ Das ist Ostern. Niemand weint mehr und wir essen wieder alles, was uns schmeckt. Da streiche ich mir Nutella so dick aufs Brot, dass ich den Mund ganz weit aufreißen muss – guck mal, sooo. Großvater, ich kann ja nicht immer aus der Bibel abschreiben und Bilder malen. Darf ich zu dir kommen und du erzählst mir Geschichten? Oder wir spielen ›Mensch ärgere dich nicht‹. Das ist bestimmt erlaubt, weil es mir weh tut, wenn ich rausfliege.«

»Ich werde mit deinem Papa darüber sprechen.«

»Da gehe ich jetzt mal wieder, Großvater, weil ich doch heute noch Gameboy spielen darf.«

* * *

Jakob legt die Zeitung, die er immer noch vor sich hat, beiseite und hängt seinen Gedanken nach.

»Fasten! Typische Idee von Robby, der, wenn es um Frömmigkeit geht, nie genug kriegen kann. Bevor er in die Familie und ins Haus kam, lebte es sich hier in diesem Punkte wesentlich unkomplizierter. Man war ganz einfach Christ, das heißt: ein guter Mensch, der an den Feiertagen und einmal im Monat –

manchmal auch nur alle zwei Monate – in die Kirche geht. Jetzt aber wird sonntags nicht mehr ausgeschlafen, sondern Woche für Woche in die Kirche gelaufen. Dazu muss die Familie beizeiten aufstehen und spätestens um 8.40 Uhr aus dem Haus gehen, und das mit fünf Kindern! Die Bibel liegt nicht mehr im Kasten bei den Wertsachen, sondern auf dem Tisch zur täglichen Andacht. Das Tischgebet hat er eingeführt. Den zehnten Teil seines Monatslohnes gibt er für Kollekten und Hilfsprojekte aus.«

Jakob kratzt sich am Hinterkopf.

»Na ja. Wie in seiner Ehe und beim Tapezieren, so macht Robby eben auch beim lieben Gott keine halben Sachen. Erstaunlich nur, dass Susanne fröhlich mitzieht. Mich lässt er aber zum Glück in Ruhe.«

* * *

Der Frühling hat seinen Einzug gehalten. Schneeglöckchen und Krokusse sind bereits am Verblühen; dafür melden sich die Narzissen und die Tulpen.

Robby kommt von der Arbeit heim und stellt im Keller einen Kasten Orangensaft ab.

Beinahe wäre er über den Karton gestolpert, der sonst nicht dort steht. Er öffnet ihn und findet darin die vielen bunten Ostereier, mit denen der Schwiegervater im Frühjahr die Gartensträucher schmückt. Wahrscheinlich will er morgen damit beginnen, obwohl Ostern erst in zwei Wochen gefeiert wird.

Robby bleibt eine Weile vor dem Karton stehen und überlegt. Dann geht er nach oben und begrüßt seine Familie. Die Kinder haben viel zu erzählen und Susanne freut sich auf die Viertelstunde, die er bei einer Tasse Kaffee mit ihr am Tisch verbringt, während die Jüngste im Stubenwagen vor sich hin kräht.

Nun ist der Vater an der Reihe, begrüßt zu werden. Der hält sich in allem sehr zurück, um die junge Familie nicht zu stören. Gerade deshalb ist es Robby wichtig, dem alten Herrn die Gewissheit zu erhalten, dass er von seinen Kindern geachtet und geliebt wird. Diesmal steigt Robby die Treppe allerdings mit erhöhtem Pulsschlag nach oben und mit der stummen Bitte im Herzen, Worte zu finden, die den Vater nicht verletzen, die er aber verstehen kann. Der empfängt seinen Schwiegersohn schon in der offenen Tür und bittet ihn herein.

»Haben sie dir heute einmal keine Überstunden abverlangt?«

»Zum Glück nicht. Die letzten Tage waren hart genug.«

»Hast du eine Arbeit, die ich dir abnehmen kann?«

»Ja. Der Pfarrer möchte gern auf unserem Grundstück einen Schaukasten aufstellen, weil hier viele Leute vorbeikommen. Für die beiden Rohre, an denen der Kasten befestigt wird, müssen Löcher gegraben werden. Wenn es dich nicht zu sehr anstrengt, könntest du in den nächsten Tagen schon mal damit anfangen.«

»Zeige mir, wo das Bauwerk stehen soll; den Rest überlasse mir. Ich habe im Keller auch schon den Eierkarton bereitgestellt. Es wird höchste Zeit für den Osterhasen, unseren Garten zu schmücken.«

»Den Karton habe ich stehen sehen, Vater. Ich wollte dich aber bitten, damit zu warten, bis wirklich Ostern ist.«

»Warum denn das?«

»Die Eier sind nicht nur ein Gartenschmuck, sondern ein Ostersymbol für die Auferstehung und das Leben. Noch ist Passionszeit – Zeit der Besinnung.«

»Schwiegersohn! Schwiegersohn! Übertreibst du es nicht ein bisschen?«

»Vater – Susanne und ich sind getauft. Zur Konfirmation haben wir Gott Treue gelobt. Vor unserer Heirat haben wir uns darüber ausgesprochen und entschieden, auf diesem Weg zu bleiben. Das ist nicht nur für uns, sondern auch für unsere Kinder das Beste.«

»Begreifen kann ich das trotzdem nicht. Ich bin doch auch in der Kirche. Aber lassen wir das. Die Eier bleiben bis zu Ostern im Keller und die Löcher sind morgen Abend fertig.«

»Lieb von dir, Vater. Wir werden Ostern richtig schön feiern; und du mit uns. Allerdings beginnt unser Fest schon früh um 6 Uhr im Garten, schönes Wetter vorausgesetzt.«

»So früh? Meinst du, dass es deine Frau und die Kinder freut, wenn sie zu Ostern so zeitig aus dem Bett müssen?«

»Warten wir es ab, Vater.«

* * *

Ostersonntag, 5.45 Uhr. Draußen ist es noch dunkel. Im Haus klingeln sämtliche zur Verfügung stehenden Wecker. Aus verschlafenen Kehlen gähnt, ruft, lacht und singt es. Ruthchen, die Zweitjüngste, klopft an Großvaters Tür.

»Aufstehen, Großvater!«

Der Großvater, noch im Schlafanzug, tritt aus dem Bad und nimmt das Kind auf den Arm.

»Hast du denn schon ausgeschlafen, Ruthchen?«

»Nein. Aber Ostern ist!«

Sie schlingt ihre Ärmchen um Großvaters Hals, küsst ihn herzhaft auf seinen Stoppelbart und wischt sich danach sehr heftig über den Mund.

Pünktlich um sechs sind alle im Garten versammelt. Nachdem die Kirchturmuhr ihren Stundenschlag beendet hat, setzt das dreistimmige Ostergeläut ein. Die Kinder stehen erwartungsvoll und etwas fröstelnd neben den Eltern. Robby stimmt den Kanon an, den sie gestern intensiv geübt haben: »Der Herr ist auferstanden. Er ist wahrhaftig auferstanden. Halleluja, halleluja.«

Susanne hört und staunt. Ihr Vater singt mit. Sie fassen sich an den Händen und tanzen singend um die Sträucher und Bäume bis zum Eierkarton, dessen Inhalt von allen über den Garten verteilt wird. Sollten die Nachbarn das Geläut tatsächlich verschlafen haben, weckt sie nun auf jeden Fall der unüberhörbare Kinderjubel.

Doch wo ist der Großvater abgeblieben? Keiner hat bemerkt, dass er ins Haus gegangen ist. Da kommt er schon zurück. Unter dem Arm trägt er ein dickes Buch – die Bibel.

»Ich wollte zu unserem Fest auch etwas beitragen und die Ostergeschichte vorlesen. Aber ich kann sie nicht finden. Müsste sie nicht auf der letzten Seite stehen? Denn nach Ostern kommt doch nichts mehr.«

Peter nimmt dem Großvater die Bibel ab. »Doch, Großvater. Da kommt noch eine ganze Menge: Himmelfahrt, Pfingsten und die vielen Briefe des Paulus.« Er schlägt das 28. Matthäuskapitel auf, das sie im Religionsunterricht besprochen haben, und gibt das Buch zurück.

»Danke, Peter. Schlimm genug, dass sich euer Großvater so schlecht darin auskennt. Wollt ihr mir helfen, mich in der Bibel zurechtzufinden?«

Daniel ist Feuer und Flamme.

»Immer, Großvater. Wir spielen Religionsstunde. Du bist die Kinder und ich der Lehrer. Ach nein, das geht nicht. Fasten ist vorbei. Jetzt habe ich keine Zeit mehr; ich muss Gameboy spielen.«

Susanne und Robby lachen. Das Ostergeläut ist zu Ende. Die Familie steht andächtig und mit gefalteten Händen um den Großvater herum und er liest. Ihm ist, als stünde er selbst an dem leeren Grab Jesu und hörte zum ersten Mal die Worte des Engels:

»Fürchtet euch nicht! Ich weiß, dass ihr Jesus, den Gekreuzigten, sucht. Er ist nicht hier; er ist auferstanden, wie er gesagt hat. Kommt her und seht die Stätte, wo er gelegen hat …«

Robby betet: »Unser Vater im Himmel. Du hast Jesus aus dem Tod ins Leben zurückgeholt. Wenn wir einmal gestorben sein werden, wirst du auch uns auferstehen lassen, damit wir für immer bei dir leben. Danke dafür. Amen.«

Sie singen noch einmal ihren Festgesang.

Ruthchen fasst Großvater an der Hand. »Siehst du, Großvater. Du brauchst gar nicht so traurig auf den Friedhof zu gehen. Der liebe Gott weckt unsere Großmutter wieder auf.«

»Hast Recht, Ruthchen. Aber ich hatte das ganz vergessen.«

»Wenn du einmal stirbst, Großvater, setze ich mich an dein Grab und singe es dir vor: ›Der Herr ist auferstanden.‹ Dann erinnerst du dich daran und wartest, bis er dich weckt.«

Der Großvater brauchte beide Hände, um sich zu schnäuzen, wobei das Taschentuch für eine Weile sein ganzes Gesicht verdeckt.

Susanne geht voran ins Haus. »Kommt herein in die warme Stube. Der Frühstückstisch ist gedeckt. Vater – die Einladung gilt auch dir.«

»Ja. Heute frühstücke ich mit euch. Ich muss doch sehen, wie viel Pfund Nutella Daniel auf sein Brot streicht.«

Beim Hineingehen zupft er seinen Schwiegersohn am Ärmel: »Ich fange an, euch zu begreifen. Mein Konfirmandenpfarrer legte uns in der letzten Unterrichtsstunde vor der Einsegnung einen Satz ans Herz: ›Seid ganz sein oder ihr lasst es ganz sein.‹ Diese Ermahnung hatte ich längst vergessen. Doch heute Morgen fiel sie mir plötzlich wieder ein. Ich habe da wohl einiges nachzuholen.«

Robby drückt dem Vater schweigend die Hand.

Ein teurer Irrtum

»Hans, du musst heute Morgen reichlich und gut frühstücken. Essen und Trinken hält Leib und Seele zusammen. Ich habe dir schon ein Lunchpaket fertig gemacht – mit Hackepeterbrötchen, die dir immer so gut schmecken. Ach Hans, ich bin ja so aufgeregt. Bleib du nur ruhig und behalte einen kühlen Kopf; das ist das Wichtigste. Immer schön durchatmen und an nichts anderes denken, als dass du es auf jeden Fall packst.«

»Klar, Papa. Du hast doch bis jetzt schon unverschämtes Glück gehabt. Aus der großen Masse der Lotteriespieler wurdest du mehrfach ausgelost und bestreitest jetzt mit zwei anderen die Endrunde. Du hast schon so gut wie gewonnen. Eine Million – ich kann's nicht fassen.«

»Rede keinen Unsinn, Pier. Hunderttausend Euro wären ja auch schon eine ganz hübsche Summe.«

»Na, sagen wir mal zweihundertfünfzigtausend, Mama. Denn wenn Papa nur hunderttausend gewinnt, gibt er mir keine zehntausend für ein Trike ab.«

Sabine zeigt ihrem Bruder einen Vogel: »Du mit deinem blöden Trike. Das ist kein Fahrzeug, sondern eine Krankheit – für Angeber! Nimm dir ein Beispiel an mir. Ich bin bescheidener: eine Vierwochentour mit dem ROTEL-Bus durch Australien. Kostenpunkt nur 3500 Euro; na ja, und dazu noch ein paar Hunderter für Spesen.«

Vater Hans haut mit der Faust auf den Tisch. »Ruhe! Ich kann jetzt schon keinen klaren Gedanken mehr fassen. Wie soll das erst heute Abend werden. Ich stehe das nicht durch!«

»Ganz ruhig, Hans. Wir denken jetzt gar nicht mehr an das Geld.«

»Ich muss aber immerzu daran denken. Das Glück liegt so nahe. Es liegt an mir, es zu ergreifen. Ich könnte schon im Voraus verrückt werden bei dem Gedanken, dass ich es verpasse.«

»Nein, Hans, warum solltest du es verpassen? Hier, trinke den Fencheltee. Fenchel beruhigt. Streiche dir heute die Butter etwas dicker auf die Brötchen als sonst. Deine Nerven brauchen das Fett.«

Pier steht hinter seinem Vater. »Papa, sieh mal, das ist ganz einfach. Wenn du den Quizsessel besteigst, bildest du dir ein, beim Friseur zu sitzen, der sich mit dir über Gott und die Welt unterhält.«

»Über Gott hoffentlich nicht. Den gibt es nur für Spinner. Ich verstehe mich ausschließlich auf Tatsachen.«

»Na gut. Der Figaro fragt dich, wer 1938 die Fußballweltmeisterschaft gewann. War's Brasilien, Frankreich oder Italien?«

»Italien. Das habe ich mir noch gemerkt. 1958 gewann Brasilien; 1930 England …«

»Falsch, Papa! 1930 gewann Uruguay!«

»Ach ja. England gewann 1966. Mein Kopf! Mein armer Kopf! Eine Million Euro stehen auf dem Spiel!«

Auch Sabine hält noch ein paar Wiederholungsfragen für nötig. »Papa, starb Romy Schneider 1982 in Berlin, Rom oder Paris?«

»In Paris, mein Kind.«

»Und wo wurde sie geboren?«

»In Wien.«

»Papa, du bist ein Schatz! Du gewinnst die Million, davon bin ich felsenfest überzeugt. Und dann zerreiße ich alle meine Klamotten. Du gehst mit mir einkaufen und wir erstehen für mich nur Markenartikel, dass meinen Freunden die Augen herausfallen.«

»Nun ist's aber genug. Lasst euern Vater in Ruhe. Leg dich noch ein Stündchen aufs Ohr, Hans, bevor du losfährst. Sollen wir nicht lieber doch mitkommen?«

»Auf gar keinen Fall. Ich will euch nicht im Saal haben. Es ist mir schon schrecklich genug zu wissen, dass ihr vor dem Fernseher hockt und alles mitverfolgt.«

»Wir drücken dir doch die Daumen, Papa, dass es in deinem Gehirn nur so blitzt, geistesblitzt!«

»Im Augenblick donnert es in meinem Schädel. Wenn ich den Tag bloß erst hinter mir hätte. Eine Million! Ein eigenes Haus, Gerda, mit Swimmingpool, einen Mercedes und ein Wohnmobil! Ganz schön ausgekocht sind die Burschen von der Lotterie. Bei einer falschen Antwort fällt man zurück auf 500 Euro, egal, wie weit man schon war.«

»Deswegen ist es doppelt wichtig, dass du nichts riskierst, Hans. Bist du dir unsicher und hast keinen Joker mehr zur Verfügung, dann hörst du auf, auch wenn du erst bei fünfzigtausend Euro stehst.«

»Klarer Fall. Aber eine Million ist zweifelsfrei besser.«

»Es ist nett von Werner, dass er dir trotz

deiner ständigen Hänseleien wegen seiner Frömmigkeit als Telefon-Joker für den Fall zugesagt hat, dass eine Kirchenfrage kommt.«

Hans und Werner sind seit ihren Kindertagen Freunde. Nachdem Hans aus der Kirche ausgetreten ist, streiten sie oft und lange über Gott. Werner versucht immer wieder, Hans zur Umkehr zu bewegen. Vor Jahren, als die Handys in Mode kamen, fand Hans eines Morgens auf dem seinigen den Satz aus einem Paulusbrief: »Ergreife das ewige Leben, zu dem du berufen bist.«

Hans wusste sofort, wem er diesen Gruß zu verdanken hatte, und antwortete auf gleichem Weg: »So unbescheiden bin ich nicht. Mir genügen achtzig Jahre.« Trotzdem ist er diesen Spruch nie mehr los geworden. Er drängt sich immer wieder einmal in seine Gedanken, ohne dass er es verhindern kann.

»Ich hoffe sehr, dass ich Werner nicht brauche. Am Ende behauptet er noch, ich hätte das viele Geld dem lieben Gott zu verdanken. Als ich ihm neulich zum Geburtstag gratulierte, kam ein alter Mann mit Bart und Krückstock aus seinem Haus. Ich foppte Werner: ›Du hattest ja eben sehr hohen Besuch. Der

Alte war doch sicher der liebe Gott? Was hat er dir denn Schönes geschenkt? Für einen so brav gläubigen Mann wie dich lässt er sich doch bestimmt nicht lumpen.‹ Da wurde er plötzlich ungewohnt heftig und sagte, ich könne ihn verspotten, so viel ich wolle; das störe ihn nicht. Aber ich solle Gott aus dem Spiel lassen. Der sei heilig und auch ich würde ihm eines Tages begegnen. Darüber musste ich lachen. ›Eher treffe ich den gestiefelten Kater als den nur in deiner Einbildung existierenden Gott.‹ – ›Bist du dir da ganz sicher?‹, fragte Werner. ›So sicher, wie ich weiß, dass ein Hahn keine Eier legt.‹ Da hat er mich ganz traurig angesehen. Nein, Werner rufe ich nur im allergrößten Notfall an.«

»Solltest du ihn aber trotzdem in Anspruch nehmen müssen, wird er von unserem Gewinn nichts abhaben wollen. Als heiliger Mann lässt er sich die kleine Gefälligkeit bestimmt nicht bezahlen.«

»Noch gehört uns das Geld nicht, Gerda.«

»Du warst von Anfang an mein ›Hans im Glück‹. Du wirst es auch heute sein, verlass dich drauf.«

* * *

Es ist so weit. Hans hat den Sessel gegenüber dem Quizmaster eingenommen.

Seine Ehefrau Gerda sitzt mit gefalteten Händen und zitternder Seele vor dem Fernseher.

Pier kauert daneben auf dem Fußboden und seine Schwester Sabine hockt mit hochgezogenen Knien im Sessel.

»Wir haben versprochen, ihm die Daumen zu drücken. Also los jetzt. Mama! Pier! Ich will das sehen. Sooo macht man das.«

Das Mädchen hält ihnen seine beiden Fäuste entgegen, die Daumen fest von den Fingern umschlossen. Mutter und Bruder folgen ihrem Beispiel.

»Hast du das Video eingestellt, Pier?«

»Na freilich. Hältst du mich für blöd?«

»Streitet jetzt nicht, Kinder. Die Stunde ist viel zu ernst dazu. Es geht um unser aller Zukunft. Bedenkt das bitte.«

Der Quizmaster hat Hans Jemerlich dem Publikum vorgestellt: Zweiundvierzig Jahre alt, verheiratet, zwei erwachsene Kinder.

Das Spiel beginnt.

Fünfhundert Euro sind Hans sicher. Jeder, der es bis auf diesen Stuhl schafft, bekommt sie.

Die ersten Fragen kann Hans mit Bravour beantworten.

Um die Einhunderttausender-Hürde zu nehmen, braucht er den Fifty-fifty-Joker. Die Spannung steigt. Es folgt die Zweihundertfünfzigtausend-Euro-Frage. »Wie hieß der erste Deutsche, der mit einer Raumfähre ins Weltall flog: *A* Sigmund Jähn; *B* Heinz Keßler; *C* Rudolf Bahro?«

Hans kennt sich in der DDR-Geschichte gut aus.

»Heinz Keßler hieß der letzte Verteidigungsminister der DDR. Rudolf Bahro war Ende der Siebzigerjahre als Regimekritiker von den DDR-Behörden festgenommen worden. Sigmund Jähn, ein Oberstleutnant der Nationalen Volksarmee, ist die richtige Antwort – also *A*.«

Das stimmt. Im Saal wird ihm kräftig applaudiert.

Die Daheimgebliebenen jubeln.

»Papa, du bist der Größte. Hoch, hoch, hoch!«

»Zweihundertfünfzigtausend Euro!! Ich kann's nicht fassen.«

Die nächste Frage wird gestellt … für eine halbe Million.

»In welchem Jahrhundert wurde der deutsche Dichter Walther von der Vogelweide geboren? *A* im 10.; *B* im 11.; *C* im 12.?«

Hans lässt sich Zeit.

Daheim springt Sabine auf und blättert im Lexikon.

»Hier ... Walther von der Vogelweide, geboren um 1170, also im 12. Jahrhundert.« Sie schreit, als ob es ihr Vater hören könnte: »Papa, *C* ist richtig!« Doch da hat er es schon selbst in seinem Gedächtnis gefunden.

»Ich nehme die Antwort *C* – 12. Jahrhundert.«

»Und die ist richtig. Sie haben die Fünfhunderttausend-Euro-Hürde genommen – wollen Sie weiterspielen?«

Gerda bekommt es mit der Angst zu tun. »Hör lieber auf, Hans. So viel Geld! Wenn das jetzt schief geht.«

Pier zeigt sich gelassen und überlegt. »Erstens hört uns Papa sowieso nicht und zweitens kann er sich die Millionenfrage ja erst einmal ansehen. Dann ist immer noch Zeit, das Spiel abzubrechen.«

Es wird still in der Stube. Die Kamera zeigt Hansens Gesicht in Großaufnahme. Man sieht, wie er angestrengt überlegt.

»Ich möchte weiterspielen.«

Auf dem Bildschirm erscheint die letzte und entscheidende Frage: »Wie heißt der Feiertag vierzig Tage nach Ostern? *A* Fronleichnam; *B* Christi Himmelfahrt; *C* Vatertag?«

Hans liest den Text einmal, zweimal, dreimal. Er kann es nicht fassen, dass ihm für eine Million Euro eine solch simple Frage gestellt wird. Ähnlich empfindet es seine Familie am Bildschirm.

»Da kann er ja gar nicht danebenhauen. Auf diesen Tag freut er sich schon immer Wochen im Voraus!«

Pier macht sich auf den Weg zum Telefon, um seinem Freund mitzuteilen, dass sie jetzt Millionär sind. Er kriegt gerade noch mit, dass sein Vater dem Quizmaster antwortet:

»*C* ist richtig. Der Vatertag ist für mich das schönste Fest des Jahres.«

»Und Sie sind sich ganz sicher?«

Für einen winzigen Augenblick erinnert sich Hans daran, dass ihm Werner vor kurzem die gleiche Frage gestellt hat. Soll er den Freund vorsichtshalber vielleicht doch anrufen? Nein. Die Antwort ist so buttereinfach. Er schafft die Million allein.

»Ich glaube schon – so sicher, wie ich weiß, dass ich der Hans Jemerlich bin.«

»Ihre Antwort ist also endgültig.«

»Natürlich.«

Kurze Pause. Dann: »*B* wäre richtig gewesen, Herr Jemerlich. Dass die Männerwelt diesen Feiertag für sich in Anspruch nimmt, ändert nichts an der Tatsache, dass er der Himmelfahrt Christi gilt. Tut mir unendlich leid für Sie. Sie fallen zurück auf fünfhundert Euro, doch dieses Trostpflaster ist immerhin besser als nichts.«

Hans fällt in sich zusammen wie ein Ballon, dem die Luft ausgeht. Er kann es nicht fassen. Dieser Feiertag *ist* der Vatertag, auch wenn die Frommen von Christi Himmelfahrt schwafeln. Alle Welt feiert diesen Tag als Vatertag. Er hat Recht! Die Million gehört ihm!

Der Quizmaster sieht das anders. »Blättern Sie daheim mal in Ihrem Kalender. Da steht es schwarz auf weiß: ›Christi Himmelfahrt‹.«

Pier lässt den Hörer fallen. Mutter Gerda schluchzt laut auf. Sabine kreischt, als käme ein Gespenst auf sie zu. Aus der Traum von der Million!

* * *

21.03 Uhr ist die Million flöten gegangen. Eine Stunde später fährt Hans sein Auto daheim in die Garage. Frau Jemerlich kommt ihrem Mann auf der Treppe entgegen.

»Hans, ich bin so froh, dass du heil angekommen bist. Mir war angst und bange um dich. Komm rein. Ein Beinbruch wäre schlimmer.«

»Erzähle mir keinen Quatsch! Ein Beinbruch heilt in ein paar Wochen. Die Million aber haben wir für immer verloren. Doch ich werde das Urteil anfechten. Frage ganz Deutschland nach diesem Feiertag und fast alle werden dir antworten wie ich: ›Das ist der Vatertag!‹ Er war es schon immer. Mein Großvater, der sich sonst nichts gönnte, zog an dem Tag mit seinen Freunden von einer Kneipe zur anderen. Sie hatten ihren Spaß und kamen zu später Stunde vergnügt wieder heim. Und dieser Klugscheißer vom Fernsehen will mir weismachen, dass der Tag Christi Himmelfahrt heißt.«

»Hans, er hat Recht. Wir haben in sämtlichen Kalendern nachgesehen. Es steht überall das Gleiche.«

»Und warum? Weil in unserem Land die Kirche immer noch das große Wort führt, obwohl ihr kein Mensch mehr glaubt. Hast du am Vatertag jemals Leute in die Kirche gehen sehen?«

»Ich habe nie darauf geachtet. Vielleicht gehen doch einige hin.«

»Einige! Zwei oder drei. Ein paar Ewiggestrige wird es immer geben; und nach denen sollen wir uns alle richten. Nein! Wir leben nicht mehr im Mittelalter.«

»Hans, komm erst mal rein. Hier auf der Treppe hören uns alle.«

»Na und? Die Bildzeitung wird es morgen sowieso auf ihrer Titelseite bringen: ›Hans Jemerlich verpasst eine Million Euro, weil er Christi Himmelfahrt nicht kennt.‹ Ich werde zum Gespött der Leute. Mir wäre es nie eingefallen, bei dieser leichten Frage Werner anzurufen. Natürlich hätte ich das tun sollen. Aber ich war mir meiner Sache so sicher.«

Gerda führt ihren Mann in die Stube. Dort sitzen und grübeln und stöhnen sie, dass es einen Stein erweichen könnte. Sabine schluchzt inzwischen unter der Bettdecke und Pier beißt sich vor Wut in die große Zehe, weil er an seinen Hintern nicht rankommt.

* * *

Am Tag danach.

Die Bildzeitung hat es tatsächlich veröffentlicht.

Unter der Überschrift EIN TEURER IRRTUM zeigt sie neben dem Bericht über die Sendung am Abend eine Großaufnahme von Hans im Augenblick seines seelischen Zusammenbruchs.

Hans lässt sich vom Arzt krankschreiben und traut sich nicht aus dem Haus.

Gegen Abend klingelt das Telefon. Gerda nimmt ab und gibt den Hörer ihrem Mann weiter. »Es ist Werner.«

»Ja, hier Hans. Na, hast du von meiner Pleite gehört?«

»Freilich. Tut mir leid, Hans. Ich hätte dir das Geld gegönnt, aber ich kam gar nicht dazu, dir zu helfen.«

»Es gab für mich bei dieser Frage keinen Zweifel. Ich glaubte, es genau zu wissen. Von klein auf kenne ich dieses Fest als den Vatertag, an dem sich Papa Gutes gönnte und feiern ließ wie Mama am Muttertag.«

»Ja, Hans, ein Irrtum kann teuer werden, sehr teuer. Sei froh, dass du diesmal nur Geld eingebüßt hast. Wenn du dich bei Gott irrst wie bei dem ›Vatertag‹, bist du wesentlich schlimmer dran.«

»Fängst du schon wieder an?«

»Hans, wir sind Freunde. Ich muss es dir sagen: Überprüfe deine Sicherheit, mit der du Gott leugnest. Der schlimmste Tag deines Lebens könnte für dich zum bedeutsamsten werden, an dem dir der größte Reichtum zufällt, den ein Mensch empfangen kann. Aber schieb es nicht auf die lange Bank, Hans. Es gibt ein Zu-spät! Hörst du noch?«

Ja, er hört. Und schweigt.

Mit Tempo 100

Vor Ulrikes Haus mit dem Firmenschild PRAXIS FÜR PHYSIOTHERAPIE U. BÄR bremst ein Auto so heftig, dass die Räder blockieren. Die Chefin sieht zur Uhr. Alles klar. Es gibt nur einen, der sich auf diese Weise pünktlich zur Massage einfindet – Pfarrer Simon Hirsch. Eben noch knallte die Autotür, da betritt er schon die Praxis.

»Guten Morgen, Frau Bär ... in welcher Kabine wollen Sie mich heute massakrieren? Bitte halbe Kraft voraus ... die Kasse zahlt Ihnen trotzdem den vollen Preis und für mich steigen die Überlebenschancen ... schon um 9 Uhr muss ich in Ephorusingen sein ... selbst wenn mein Auto fliegt, braucht es eine halbe Stunde bis dorthin.«

Während er ohne Punkt und Komma redet, hat er Ulrike mit Handschlag begrüßt, die ihm zugewiesene Kabine betreten, seinen Oberkörper frei gemacht und liegt nun bäuchlings auf der Massagebank.

Ulrike beginnt ihre Arbeit. »Ich verstehe gar nicht, wieso Sie nie Zeit haben, Herr Pfarrer – bei *einem* Arbeitstag in der Woche!«

»Sie sollen mich nicht dauernd ›Herr Pfarrer‹ nennen. Ich habe einen so schönen Namen. Doch keiner spricht ihn aus. Ich bin der Herr Hirsch, so wie Sie die Frau Bär sind. Ist das jetzt ein für alle Mal klar?«

»Jawohl, Herr Pfarrer … Hirsch.«

»Und was meine Arbeit betrifft, von der haben Sie keine Ahnung. Der Sonntagsgottesdienst gehört überhaupt nicht dazu. Der ist reines Vergnügen, denn es gibt nichts Schöneres, als mit Gott ein Fest zu feiern. Aber dafür geht es in der Woche rund. Unterricht, Gemeindekreise, Besuche bei Kranken und Jubilaren, Gespräche mit Menschen, die ganz einfach mal jemanden brauchen, dem sie ihr Herz ausschütten können; nicht zu vergessen die Bürokratiepest, von der leider auch die Kirche befallen ist und die uns die letzten Stunden und Nerven raubt.«

Simon hat Mühe, ein Stöhnen zu unterdrücken. »Sie gäben eine erstklassige Catcherin ab. Das nächste Mal bestellen Sie mich kurz vor Ladenschluss, wenn Ihnen an den Tagespatienten die Puste ausgegangen ist.«

Ulrike lächelt. Doch das sieht Simon nicht. Kaum kann er wieder richtig durchatmen, nutzt er die Gelegenheit. »Wie wäre es, wenn

Sie im Gegenzug auch mal in meine Praxis kämen – gleich am nächsten Sonntag um 10 Uhr!«

»Ich? Eine hartnäckige Atheistin? Daraus wird wohl nichts werden. Außerdem schlafe ich sonntags richtig aus, damit ich den Herrn Pfarrer am Montag wieder kräftig durchkneten kann.«

»Gibt es gar keinen freien Termin in Ihrem Alltag, an dem Sie aus purer Neugier doch mal in die Kirche kommen könnten?«

»Höchstens mittwochs, wenn mein Mann seinen Skatabend hat und im Fernsehen nichts Gescheites kommt. Was kostet denn eine Seelenmassage bei Ihnen?«

»Wir sind großzügig und sehen nicht hin, wenn die Leute ihre Hand in den Klingelbeutel stecken. Aber da Sie mich fragen, gebe ich Ihnen auch eine Antwort. Sollten Sie vorhaben, nur einmal zu kommen, möchte es schon ein Hunderter sein. Wollen Sie allerdings öfter kommen, dürfen Sie den in Zehner oder gar in Fünfer einteilen.«

»Das sind ja Preise!«

»Sie dürfen nicht vergessen, dass Sie in der Kirche Leben und Seligkeit vermittelt bekommen.«

»Das habe ich alles ohne Kirche. Ich lebe seit dreißig Jahren und für die entsprechende Seligkeit sorgen mein Mann und unsere Kinder.«

»Das freut mich für Sie. Doch wenn Sie wüssten, in welcher Qualität Gott Ihnen das bietet, würden Sie ihn kräftig einbeziehen.«

Ulrike drückt fester zu, sodass Simon aufschreit: »Aua!«

»Na, zeugte das von Qualität oder nicht? Schluss für heute. Ich erwarte Sie am kommenden Montag zur gleichen Zeit.«

»Wieder so früh, wenn Sie voll unter Saft und Kraft stehen?!«

Simon zieht sich an, und schon im Gehen begriffen, verabschiedet er sich von Ulrike.

»Nichts für ungut. Wenn ich auch manchmal stöhne, Ihre Massagen bringen mir was. Ihre Hände sind Gold wert.«

»Die erbte ich von meinem Vater. Der war auch Masseur.«

»Papperlapapp. Die hat Ihnen beiden Gott geschenkt, denn auch Heiden wie Sie verdanken ihm ihre Gliedmaßen. Tschüs!«

Fort ist er. Ulrike hört, wie beim Anfahren des pfarrherrlichen Autos die Räder durchdrehen, weil er wie immer mit Vollgas startet.

* * *

Pünktlich, diesmal jedoch mit einem ungewöhnlich kurzen »Guten Tag« betritt Simon am Montag die Massagepraxis.

Ulrike staunt. »Guten Morgen, Herr Hirsch. Ich habe heute gar keine Bremsen quietschen hören. Sind Sie im Schritttempo angekommen?«

»Fragen Sie nicht. Kneten Sie mich zu einem Klumpen.«

»So ein Gesicht, dazu so rohe Worte am Montagmorgen, nachdem Sie gestern in der Kirche Leben und Seligkeit aufgetankt haben?! Was soll das?«

»Man hat mir am vergangenen Freitag den Führerschein weggenommen.«

»Dann hatte das aber auch seinen Grund. Jetzt ziehen Sie sich erst einmal aus, legen sich hierher, und während ich Sie massiere, beichten Sie mir Ihre Sünden.«

Simon beginnt zu erzählen.

»Ich bin in Flensburg schon mehrmals wegen überhöhter Geschwindigkeit aufgefallen und musste Punkte einstecken. Freitagnacht – hören Sie gut zu – Freitagnacht kam ich von Pecherode, fuhr die Sternenallee entlang und wurde bei 100 km/h geblitzt. Dann leuchtete vor mir die rote Signallampe der Polizisten auf, die mich stoppen wollten. Doch ich gab vor Aufregung Gas, flog mit Lichtgeschwindigkeit an ihnen vorbei und kam erst zwei Straßenkreuzungen weiter zum Stehen.«

»Das war sehr unvernünftig, Herr Hirsch. Dass Sie es aber auch immer so eilig haben. Hetzt Ihr himmlischer Chef Sie wie einen Hund zur Treibjagd hinter der Beute her? Dann verginge mir die Neugier, diesen Gott näher kennen zu lernen.«

Ulrike massiert, Simon schweigt. Als die Behandlung beendet ist, der Pfarrer sich verabschiedet und den nächsten Termin erfährt, tröstet ihn Ulrike. »Sie sollten dankbar dafür sein, sich in Zukunft viel bewegen zu dürfen. Das wird Ihrer Gesundheit gut tun.«

Doch zu solcher Dankbarkeit ist Pfarrer Hirsch zur Zeit jedenfalls nicht bereit.

* * *

Als Simon am Donnerstag mit dem Fahrrad anrollt, begrüßt ihn Ulrike freundlich. »Na, haben Sie sich ans Radfahren gewöhnt? Wie viel km/h schaffen Sie denn?«

»Spotten Sie nur! Für mich ist das eine Tragödie. Das Radfahren und erst recht das viele Laufen rauben mir kostbare Zeit und zehren an meinen Kräften.«

Vor Aufregung hat er sich gleich in Hemd und Jacke auf die Pritsche gelegt. Ulrike lacht.

»Du lieber Himmel. Sie armer Mann sind ja völlig von der Rolle. Würden Sie sich bitte erst ausziehen?«

Simon greift sich an den Kopf. »Bitte verzeihen Sie; aber ich stecke echt in einer Krise.«

»Es ist nicht zu übersehen, Herr Pfarrer!«

Nachdem Ulrike ihn einige Minuten kräftig bearbeitet hat, versucht sie, ihn aus der Reserve zu locken: »Schade, dass Sie heute so schweigsam sind.«

»Es ist besser, wenn ich den Mund halte. Ich wollte Ihnen Gott lieb machen. Stattdessen halten Sie ihn nun wegen meines schlechten Beispiels für einen Tyrannen.«

»Langsam, langsam, Herr Pfarrer. Noch haben Sie mir meine Frage vom letzten Mal nicht beantwortet, ob es denn tatsächlich

Ihr himmlischer Chef ist, der Sie derart antreibt.«

»Er ist es natürlich nicht! Im Gegenteil. Er sagt: ›Mach mal Pause.‹«

»Und warum halten Sie sich nicht daran?«

»Weil mir die viele Arbeit dafür keine Zeit lässt. Wir Pfarrer haben es nicht nur mit Gott, sondern auch mit landeskirchlichen Obrigkeiten zu tun, die dafür sorgen müssen, dass jede Gemeinde zu ihrem Recht kommt. Bei immer knapper werdenden Kassen sieht das dann so aus, dass uns ein ständig wachsendes Betreuungsgebiet zugeteilt wird.«

»Herr Pfarrer! Ich hatte als Kind einen Klavierlehrer, der gab mir von Woche zu Woche ein so großes Übungsprogramm auf, dass ich die Lust am Klavierspiel verlor und nicht vorankam. Nach zwei qualvollen Jahren wechselte mein Vater für mich den Lehrer, und siehe da, schon nach wenigen Wochen war der Erfolg zu hören. Dessen Lehrmethode resultierte aus der Erfahrung: ›Weniger bringt mehr.‹ Es hat mir sogar sehr viel mehr gebracht, denn immerhin gebe ich kleine Konzerte und habe bis heute viel Freude am Klavierspiel. Glauben Sie nicht, dass auch Ihr himmlischer Chef die Weisheit dieses Musiklehrers haben könnte? Es sollte einem frommen Mann wie Ihnen doch gut anstehen, auf Gott zu hören und die von ihm angewiesenen Atempausen einzuhalten. Wenn ich Ihr Chef wäre, würde ich für ungehorsame Mitarbeiter wie Sie Disziplinarstrafen einführen.«

Simon dreht sich so plötzlich um, dass Ulrike erschreckt einen Schritt zur Seite springt.

»Frau Bär! Solche Worte aus Ihrem Munde! Das ist ja ein Wunder!«

»Unsinn! Aber wie können Sie erwarten, dass Ihre Gläubigen Gottes Wort ernst nehmen, wenn Sie sich selber nicht daran halten. Jetzt drehen Sie sich erst noch einmal um, Herr Hirsch, damit ich die Massage fortsetzen kann. Und erschrecken Sie mich nicht wieder so.«

Simon dreht sich zurück auf den Bauch. »Eigentlich wollte ich Ihnen heute ein Angebot machen. Aber nun traue ich mich nicht mehr.«

»Was soll das heißen? Von der Seite kenne ich Sie noch gar nicht.«

»Also gut. Ich habe extra für Sie auf den nächsten Mittwochabend einen Gottesdienst gelegt, in der Hoffnung, Sie dort begrüßen zu können.«

Das ist nun freilich etwas geschummelt, denn dieser Gottesdienst wird Jahr für Jahr zum Frühjahrsbußtag gefeiert. Aber so gut kennt sich Ulrike in den Gepflogenheiten kirchlicher Tradition nicht aus, dass sie seinen Scherz durchschauen könnte.

»Ein Gottesdienst am Mittwochabend? Da wäre ich, falls ich käme, die einzige Besucherin?«

»Nein. Ich kann Ihnen versprechen, dass noch andere Leute dazukommen – keine Massen, aber immerhin so etwa zwei Dutzend.«

»Und die wissen alle, dass dieser Gottesdienst nur um meinetwillen gehalten wird?«

»Natürlich nicht. Gottesdienst können wir immer halten; an dem Mittwoch schon deshalb, weil der früher einmal staatlicher Feiertag war.«

Das Massageprogramm ist für heute beendet.

Ulrike bedankt sich für die Einladung und stellt ihr eventuelles Kommen in Aussicht.

»Aber machen Sie sich keine Illusionen, Herr Pfarrer. Wenn, dann sitze ich als scharfe

Kritikerin und nicht als reuige Sünderin in der Kirchenbank. – Ihr vorläufig letzter Behandlungstermin steht für Freitag nächster Woche im Buche, wieder gleich früh. Und vergessen Sie nicht, die Atempausen in Ihren Kalender einzutragen! Die haben Sie bitter nötig. Für heute tschüs, Herr Pfarrer Hirsch.«

Wieder etwas zufriedener mit sich selbst, weil es ihm gelungen ist, die Frau zu einer wenigstens halben Zusage zu bewegen, verabschiedet er sich von ihr.

* * *

Als Simon sich wieder zur Massage einfindet, wird sein Seelenzustand von einem Gemisch aus Hoffnung und Angst bestimmt. Frau Bär ist am Mittwoch tatsächlich in der Kirche erschienen und von den dort anwesenden Frauen auffällig genug beachtet und betuschelt worden. Als sich am Ende beim Zählen der Kollekte auch noch ein Hundert-Euro-Schein im Klingelbeutel fand, konnte sich die Küstersfrau nicht mehr zurückhalten. »Der Schein kann nur von der Masseuse stammen. Na, das lässt tief blicken. Wenn die heute zum

Bußtag in die Kirche kommt und dann auch noch so viel Geld dalässt, dann hat das seinen Grund! Wer weiß, was in ihrer Praxis so alles abläuft ...«

Pfarrer Hirsch unterbrach sie. »Jetzt reicht's aber! Das ist übelste Verleumdung! Statt dass Sie sich über ihren Besuch freuen, bewerfen Sie die Frau mit Dreck! Ich habe sie zu diesem Gottesdienst eingeladen, weil sie sonntags ihre Familie nicht allein lassen will, heute aber Zeit hatte.«

So ist das am Mittwoch gelaufen. Nun steht er der Frau gegenüber. Die schickt ihn in die Kabine, kommt nach wenigen Minuten zu ihm und krempelt die Ärmel ihres weißen Kittels etwas nach oben. »Packen wir es an, Herr Hirsch. Heute geht's in die letzte Runde. Wie fühlen Sie sich?«

»Nicht besonders gut. Ich möchte mich bei Ihnen erst einmal für meine freche Rede entschuldigen, die das Geld betrifft. Aber wie konnte ich ahnen, dass Sie das wörtlich nehmen.«

»Ich dachte, alles, was ein Pfarrer sagt, ist wörtlich zu nehmen.«

»So will ich mich wenigstens recht herzlich dafür bedanken. Es wird zur Finanzierung einer diakonischen Sozialstation in Rumänien beitragen. Und nun erwarte ich Ihre mir angedrohte Kritik.«

Ulrike lässt sich Zeit und genießt ein wenig seine Ungeduld. Schließlich legt sie aber los. »Eigentlich hatte ich mir ehrlichen Herzens vorgenommen, für heilige Gedanken offen zu sein. Doch daraus wurde nichts. Als ich Sie so schwarz bekittelt in der Kirchentür stehen sah, fiel mir nur das Spiel meiner Kindertage ein: ›Wer fürchtet sich vorm schwarzen Mann? Niemand!‹ Und diesen Gedanken wurde ich nicht wieder los. Ist diese scheußliche Kleiderordnung für Pfarrer in der Bibel vorgeschrieben?«

»Nein, sondern in einer königlichen Kabinettsordre von Friedrich Wilhelm III. aus dem Jahre 1811.«

»Wollen Sie mich veralbern?«

»Es ist die blanke Wahrheit.«

»Die ist ja noch unglaublicher als die Auferstehung von den Toten.«

»Ist das alles, was Sie an Eindrücken mit nach Hause brachten?«

»Natürlich nicht. Ich bewundere die Leute, die regelmäßig in die Kirche gehen. Ich könnte das nicht. Der schreckliche Anblick des gefolterten Mannes am Kreuz ist für mich bedrückend. Mich packen beim Hinsehen Wut und Traurigkeit über die vielen Grausamkeiten, die wir Menschen uns gegenseitig antun. Noch unerträglicher wurde es aber für mich, als Sie in Ihrer Ansprache darauf hinwiesen, dass Jesus diesen Tod um unsertwillen erlitten hat – also auch um meinetwillen. Dagegen protestiere ich. Ich habe ihn nie darum gebeten. Wieso erträgt er für mich eine Todesstrafe, die weder ich noch er verdienen?«

»Aus Liebe, Frau Bär – um für uns das Heimatrecht im Himmel zurückzugewinnen.«

»Mich interessiert die Erde und nicht der Himmel. Ich bin glücklich verheiratet. Wir freuen uns an drei gesunden Kindern. Meine Praxis läuft gut; das Grundstück gehört uns und wir haben das alles ehrlich erworben.«

»Dass Sie die Erfolge Ihrer Mühen der Güte Gottes verdanken, kommt Ihnen nicht in den Sinn?«

»Nein, absolut nicht. Es kostet Tag für Tag unseren eigenen Schweiß.«

»Gab es denn gar nichts, was Sie in dem Gottesdienst erfreute?«

»›Erfreute‹ wäre zu viel gesagt. Aber amüsiert hat mich, dass auf der Zahlentafel vorn rechts als letzte Angabe meine Telefonnummer stand: 359156.«

»Die zeigte die Liednummer im Gesangbuch für den Schlussgesang an, Lied Nummer 359, die Strophen 1, 5 und 6: ›In dem Herren freuet euch, freut euch allewege …‹«

»Hm. Aber von Freude habe ich in der Stunde nichts gemerkt. Mein Eindruck war: Die Christen feiern seit zweitausend Jahren die Beerdigung ihres Idols Jesus. Das kleine Konzert mit Orgel und Flöte fand ich gut. Doch als ich klatschen wollte, sah mich eine Frau so empört an, dass mir meine Hände gefroren. Aufgefallen ist mir, dass Sie im Gottesdienst dasselbe Tempo vorlegen wie beim Autofahren – Tempo 100.«

»Wie soll ich das verstehen?«

»Sie rennen auf dem Platz vor den ersten Bänken herum, lesen, beten, verlassen fluchtartig die Bildfläche, tauchen in halber Höhe wieder auf, gehen in die Knie, lassen Ihren Kopf nach unten fallen, um ihn schnell wieder zu erheben – und so geht das bis zum Schluss.«

»Das hat seinen einfachen Grund. Um 19 Uhr beginnt der Gottesdienst hier in der

Stadt. Um 20 Uhr muss ich aber schon in Dorfschwesterchen sein, um ihn dort zu wiederholen. Da ist Eile vorprogrammiert.«

»Es steht mir nicht zu, Ihnen Ratschläge zu erteilen. Aber ich denke, auch hier gilt: ›Weniger ist mehr.‹ Kürzen Sie Ihr Programm auf dreißig Minuten. Da kommt Ruhe in den Ablauf.«

»Wo soll ich denn noch kürzen?«

»Zum Beispiel bei Ihrer Ansprache. Sie sind klug und haben sicher viel zu sagen. Aber das kann sich ja doch kein Mensch alles merken. Direkt geärgert habe ich mich, als Sie das Vaterunser beteten, das einzige Stück, das mir – wenn auch nicht in vollem Wortlaut – bekannt ist. Meine Gedanken beschäftigten sich noch mit dem ›Vater‹, da hatten Sie schon das ›Amen‹ erreicht. Ich war der Meinung, wer betet, redet mit seinem Gott. Wenn mein Mann so mit mir spräche, ließe ich ihn einfach stehen. Dieses Tempo passt in die Fernsehreklame: ›Zu Risiken und Nebenwirkungen lesen Sie die Packungsbeilage und fragen Sie Ihren Arzt oder Apotheker‹ – aber doch nicht in den Gottesdienst. Beten Sie das Vaterunser im Spazierschritt, dann klingt es wenigstens glaubwürdig! Ich bin fertig.«

Ulrike nimmt ihre Hände von Simons Rücken.

»Sie bestätigen mir in meinem Büro bitte noch die Behandlungen mit Ihrer Unterschrift. Es hat mir Vergnügen bereitet und Ehrfurcht eingeflößt, dass der frömmste Mann unserer Stadt sechsmal dreißig Minuten so ergeben vor mir lag und meinem gottlosen Druck standhielt.«

»Ganz meinerseits, Frau Bär. Und da es mir nicht gelungen ist, Sie für Gott zu interessieren, werde ich ihn bitten, das selber zu übernehmen.«

»Tun Sie, was Sie nicht lassen können.«

»Danke auch für Ihre Ratschläge. Ich nehme mir vor, sie zu befolgen. Gucken Sie mich nicht so ungläubig an. Bei Gott ist kein Ding unmöglich! Das gilt für uns beide. Sie dürfen jeden Sonntag in die Kirche kommen und sich von meiner Besserung überzeugen. Machen Sie's gut und auf Wiedersehen … bis hoffentlich bald.«

Fort ist er.

Ulrike sieht ihm vom Fenster aus etwas belustigt, aber auch misstrauisch hinterher. Simon ahnt das und läuft betont langsam. Als er jedoch ihrem Blick entschwunden ist, muss er sich schwer zusammenreißen, um nicht loszurennen, denn er hat immer noch viel zu viele Termine in seinem Kalender stehen …

Das dreifache Hoch

Auf dem Spielplatz vor dem Hochhaus steht ein kleiner Junge und schreit aus Leibeskräften, damit es seine Mama auf dem Balkon der siebten Etage auch wirklich hört: »Fee! Fee! Ich habe einen Opa gefunden! Hörst du? Ich habe einen Opa gefunden, einen richtig guten Opa!«

Die Mama heißt eigentlich Felizitas – »die Glückselige«. Sie wird aber von ihrem Mann abgekürzt »Fee« genannt, was wegen ihres schlanken Wuchses und der langen blonden Haare gut zu ihr passt. Tobias hat diesen Kosenamen übernommen und ist stolz darauf, eine echte Fee zur Mama zu haben.

Sie ruft zurück: »Warte, Tobias; ich komme gleich nach unten.«

Es dauert nicht lange, da kauert sie vor ihrem Jungen. »Was erzählst du von einem Opa?«

»Fabian ist mein Opa!«

»Aber Tobias! Wie kommst du denn darauf? Fabian wohnt mit in unserem Haus. Er ist ein ganz netter Mann, aber doch nicht dein Opa. Du hast keinen Opa. Der eine ist gestorben und der andere hat sich schon vor vielen Jahren davon gemacht, ohne je wieder etwas von sich hören zu lassen.«

»Ich will aber einen Opa haben. Fabian hat gesagt, er könne mein Opa sein – na ja, er hat gesagt, wenn du und Papa es erlauben. Bitte, bitte, Fee, sag Ja. Fabian ist bestimmt der allerbeste Opa der ganzen Welt. Er kommt früh auf unseren Spielplatz und hängt die Schaukel auf, er ölt die Wippe und das Karussell und er deckt abends unseren Sandkasten ab, damit die Katzen nicht reinkacken können.«

Da kommt Fabian schon auf die beiden zu und begrüßt Felizitas. »Ihr Junge hatte eine Idee. Wir spielen oft zusammen und wir erzählen uns. Dabei kam heraus, dass ich, seitdem meine Frau gestorben ist, niemanden mehr habe, zu dem ich gehöre – und er wünscht sich einen Opa.«

Felizitas tadelt ihren Jungen. »Aber Tobias; du kannst doch Herrn Fabian nicht einfach zu deinem Opa machen.«

»Oh doch, Fee. Wir haben uns richtig lieb. Er kennt sogar mein Zimmer schon, obwohl er noch nie drin war. Wenn wir zusammen auf der Bank sitzen, erzähle ich ihm, wo mein

Bett steht, wie viel Teddys mit mir schlafen und dass mein Schaukelpferd einen richtigen Sattel und Steigbügel hat.«

Jetzt meldet sich Fabian zu Wort. »Ihr Junge ist Gold wert. Besprechen Sie es in Ruhe mit Ihrem Mann. Ich würde jedenfalls sehr gern für Tobias die Oparolle übernehmen.«

Fabian ist ein fröhlicher und ebenso freundlicher Rentner, der sich mit Kindern gut versteht. Die meisten Hochhausbewohner kennen ihn, obwohl sie sich ansonsten fremd bleiben.

Felizitas und ihr Mann Bill müssen sich nicht lange beraten. Fabian rückt in den Stand des Familienopas auf und alle sind zufrieden.

* * *

Für Tobias beginnt ein neues Zeitalter. Er hat einen Opa gewonnen, der nur zehn Etagen über ihm wohnt, den er jederzeit besuchen darf, der aber auch oft zu ihm kommt. Tobias' Eltern preisen sich glücklich über diese Errungenschaft. Sie wissen ihren Jungen in Fabians Obhut bestens aufgehoben.

Heute sind Bill und Felizitas zu einer Geburtstagsfeier eingeladen, die schon am

Nachmittag beginnt und gewiss nicht vor Mitternacht endet. Tobias freut sich wie ein Schneekönig, denn Opa Fabian wird so lange bei ihm bleiben, bis die Eltern zurück sind. Fee ermahnt ihn: »Dass mir keine Klagen kommen!«

Fabian blinzelt seinen Schützling an. »Wir lassen uns etwas Schönes einfallen!« Er ahnt noch nicht, was an diesem Abend auf ihn zukommt!

Es wird ein herrlicher Nachmittag. Erst gehen die beiden in den nahen Zoo und amüsieren sich lange bei den Rhesusaffen. Sie schlecken Eis und gewinnen an der Losbude ein Marzipanschwein. Dann darf sich Tobias im Speisezelt etwas zum Abendbrot aussuchen. Er nutzt die Gunst der Stunde und wählt einen Vanillepudding mit Schokoladensoße, danach einen Schokoladenpudding mit Vanillesoße und als Nachtisch einen Hamburger ohne Brötchen. Daheim spielen sie noch »schwarzer Peter«, bis Tobias vor Müdigkeit fast vom Stuhl rutscht. Als ihn Opa Fabian aber ins Bett bringt, wird Tobias noch einmal munter.

»Opa Fabian, jetzt singen und beten wir. Kannst du auch so schön singen wie Fee?«

»Nein. Das kann ich nicht. Alte Männer brummen mehr, als dass sie singen.«

»Dann brummst du eben. Kannst du ›Müde bin ich, geh zur Ruh‹?«

»Nein.«

»Bringst du ›Breit aus die Flügel beide, oh Jesu, meine Freude‹?«

»Nein, auch das kenne ich nicht.«

»Aber vielleicht ›Die ganze Welt geht nun zur Ruh‹?«

»Nichts von alledem bringe ich, Tobias.«

»Dann überleg doch mal, Opa Fabian. Dir wird schon etwas einfallen.«

Noch kann Fabian lächeln. Er erinnert sich, wann und wo er das letzte Mal gesungen hat. Das ist lange her. Während einer Jubiläumsfeier ließen sie den Chef hochleben. Da hat er mitgegrölt.

»Ist dir etwas eingefallen, Opa Fabian?«

»Ja, aber das passt nicht hierher.«

»Doch. Das passt ganz bestimmt hierher. Bitte, bitte, lieber Opa Fabian, singe es. Ich bin schon ganz still.«

Er legt sich lang hin und faltet andächtig seine Hände. »Du kannst anfangen.«

Fabian läuft es heiß und kalt über den Rücken. Tobias erwartet ein Gebetslied und er will einen Trinkspruch singen, wie er bei Saufgelagen üblich ist! Auf der anderen Seite bringt er es nicht fertig, das erwartungsvolle Kind zu enttäuschen. Also singt er:

Hoch soll er leben, hoch soll er leben, dreimal hoch!
Hoch soll er leben, hoch soll er leben, dreimal hoch!
Hoch soll er leben, hoch soll er leben, dreimal hoch!
Hoch! Hoch! Hoch!

Tobias quietscht vor Vergnügen. »Opa Fabian, das ist das allerschönste Lied. Das will ich dem lieben Gott jeden Abend vorsingen. Morgen hole ich dich wieder zum Beten. Fee und Papa müssen es lernen und mitsingen. Die werden staunen!«

»Die kennen das bestimmt schon.«

»Nein. Wenn Papa dieses schöne Lied brächte, hätte er es längst mit mir gesungen.«

Ohne auf Fabians Einwände zu achten und davon überzeugt, dass es ein Lied zur Ehre Gottes ist, wiederholt er es und singt den Text so, wie er ihn beim ersten Hören aufgenommen hat:

Hoch soll Gott leben, hoch soll Gott leben,
dreimal hoch!

»Sing mit, Opa Fabian!« Und der singt tatsächlich mit;

Hoch soll Gott leben, hoch soll Gott leben,
dreimal hoch!
Hoch soll Gott leben, hoch soll Gott leben,
dreimal hoch!

Bei dem dreimaligen »Hoch« zum Schluss springt Tobias im Bett auf und wirft seine Arme in die Luft. Dann legt er sich hin, deckt sich zu und faltet seine Hände.

»Vielen Dank, lieber Gott, dass Opa Fabian ein so schönes Lied kennt. Das hast du bestimmt noch nie gehört. Aber jetzt singen wir es dir jeden Abend. Bitte, lieber Gott, lass den Opa Fabian noch recht lange leben. Du brauchst ihn doch im Himmel bestimmt nicht so nötig wie ich auf der Erde. Du hast die vielen Engel. Ich aber habe niemanden, wenn Mama und Papa abends mal weggehen. Und danke dir für den schönen Tag, für die vielen Tiere im Zoo und dass die Löwen und Tiger eingesperrt sind und für das Eis und das

Marzipanschwein. Das schenke ich morgen Mama. Ich mag kein Marzipan. Bitte, lass mich gut schlafen, meinen Opa auch und Mama, Papa, Tante Iris und das Mädchen im Zoo, was so geweint hat, weil es seine Mama nicht mehr fand. Amen.«

Als Fabian Tobias so beten hört, wird ihm warm ums Herz. Wie ist das möglich? Gott ist doch eigentlich schon lange kein Thema mehr für ihn. Seine Großmutter hat dafür gesorgt, dass er getauft und konfirmiert worden ist. In den Unterricht und Kindergottesdienst ist er ganz gern gegangen. Doch nach der Konfirmation wurde ihm anderes wichtiger. Irgendwann ärgerte er sich dann über die Steuerabzüge auf seinem Lohnstreifen und erklärte seinen Kirchenaustritt.

Ein paarmal ist ihm Gott allerdings in Erinnerung gekommen – zum Beispiel, als er mit seinem BMW im Winter auf der Autobahn ins Schleudern geriet. Nachdem die Reifen aber wieder gegriffen hatten und die Todesangst vorüber war, konnte er den Gedanken an Gott wie Schneeflocken von seiner Jacke abschütteln. Nach dem Gebet des Kindes aber fühlt er sich, als habe er soeben einen Raum betreten, aus dem er nie wieder weggehen möchte. Er wünscht Tobias eine gute Nacht und zieht sich ins Wohnzimmer zurück.

Das hat er in der kurzen Zeit als adoptierter Familienopa schon gemerkt, dass Tobias und seine Eltern fromm und dabei sehr glücklich sind. Freude erleben sie intensiver und Lasten werden ihnen leichter.

Vielleicht war es doch ein Fehler, Gott Lebewohl zu sagen. Er hat nie darüber nachgedacht.

Fabian will sich ablenken, geht zum Bücherregal und zieht einen Bildband heraus, der ihn interessiert: »Fische im Meer, in Seen, Bächen und Aquarien«.

Er setzt sich auf die Couch, blättert und liest. Über den vielen Fischbildern kommt ihm plötzlich die Zeile eines Kinderliedes in den Sinn: »Weißt du, wie viel Fischlein« – ja, wie nun weiter? Er überlegt. »Weißt du, wie viel Fischlein spielen in der heißen Sonnenglut?« Unsinn. Das waren Mücklein. »... wie viel Fischlein sich abkühlen in der kalten Wasserflut?« So ähnlich muss es heißen. Er hat das Lied gelernt, als er das erste Jahr zur Schule ging, und durfte es mit seiner Freundin Lilli aus dem Nachbarhaus während einer

Schulfeier vorsingen. Jetzt fällt ihm auch die erste Strophe wieder ein:

Weißt du, wie viel Sternlein stehen
an dem blauen Himmelszelt?
Weißt du, wie viel Wolken gehen
weithin über alle Welt?
Gott der Herr hat sie gezählet,
dass ihm auch nicht eines fehlet
an der ganzen großen Zahl,
an der ganzen großen Zahl.

Und die Schlusszeile der letzten Strophe heißt:

… *kennt auch dich und hat dich lieb.*

Genau das glauben Tobias, Felizitas und Bill. Für ihn ist es zu spät dafür.

Kurz nach Mitternacht kommen Tobias' Eltern heim. Sie entschuldigen sich, weil es so spät geworden ist, fragen Fabian, ob sich ihr Sprössling denn auch wirklich ordentlich betragen habe, und nehmen erleichtert sein dickes Lob entgegen. Der wehrt allen Dank ab und wünscht eine gute Nacht.

In seiner Wohnung angelangt, geht er bald

zu Bett. Ohne dass er es will oder verhindern kann, singt es in ihm fortwährend: »… kennt auch dich und hat dich lieb.« Damit wacht er am Morgen auch wieder auf.

* * *

Der nächste Tag ist ein Sonnabend, ein Tag mit der Möglichkeit zum Ausschlafen. Doch Tobias hält davon nichts. Er ist beizeiten wach, geht aufs Töpfchen und marschiert geradewegs ins elterliche Schlafzimmer und dort in Papas Bett. Der rückt knurrend ein wenig zur Seite und hofft, dass Tobias bei ihm noch eine Runde schläft. Weit gefehlt. »Papa, hör mal, was ich gestern Abend von Opa Fabian für ein schönes Lied gelernt habe.«

Keine Reaktion. Das stört aber Tobias nicht. Er singt lautstark:

Hoch soll Gott leben; hoch soll Gott leben; dreimal hoch!

Bei dem dreifachen »Hoch! Hoch! Hoch!« veranstaltet Tobias in Papas Bett Luftsprünge und landet nach dem letzten »Hoch« auf dessen Bauch. Jetzt ist der endgültig munter.

»Das hat dir Opa Fabian beigebracht?«

»Ja. Meine Lieder kannte er nicht.«

Dass Fabian in keine Kirche geht, ist den Eltern bekannt. Doch wie sich Fabian und Tobias beim Abendgebet auf diesen zum Lobpreislied umfunktionierten Kneipensong geeinigt haben, können sich die Eltern nicht vorstellen. Nun, sie werden es erfahren. Tobias erklärt, sie hätten ausgemacht, dass es heute Abend von allen gesungen werden würde.

* * *

Der Sonnabend ist vergangen. Tobias muss ins Bett. Er darf seinen Opa Fabian anrufen, der möge bitte wie ausgemacht zum Abendgebet nach unten kommen.

Fee empfängt ihn freundlich lächelnd an der Tür. »Ihr Loblied von gestern Abend verdient kräftigen Beifall. Meinen Glückwunsch, Herr Fabian.«

»Ich bin froh, dass Sie mir nicht zürnen. Es sollte kein Spott sein, sondern hat sich einfach so ergeben. Tobias war von der frommen Natur dieses Liedes so überzeugt, dass ich es ihm nicht ausreden konnte.«

»Wir haben uns das schon so gedacht, Herr Fabian, und uns köstlich amüsiert.«

Sie betreten Tobias' Zimmer, der erwartungsvoll im Bett sitzt. Fee bringt die Gitarre mit, Bill darf trommeln, Tobias bekommt die Rassel in die Hand und Opa Fabian das Tamburin. »Jetzt wird gesungen und musiziert. Das ist die Uraufführung des neuesten Lobpreisliedes.«

Hoch soll Gott leben! Hoch soll Gott leben!
Dreimal hoch!
Zwischenakkorde der Gitarre.
Hoch soll Gott leben! Hoch soll Gott leben!
Dreimal hoch!
Nochmals Zwischenakkorde der Gitarre.
Hoch soll Gott leben! Hoch soll Gott leben!
Dreimal hoch!

Der Abschluss wird ohne Rücksicht auf die Mitmieter im Haus vokal und instrumental für sechs Sekunden mit dem absoluten Fortissimo aufgeführt:

Hoch! Hoch! Hoch!

* * *

Opa Fabian nimmt sich immer viel Zeit für Tobias, doch sobald die Eltern in die Nähe kommen, zieht er sich zurück, um das Familienleben nicht zu stören. Heute aber fragt er, ob er noch ein paar Minuten bleiben dürfe.

»Aber gern. Wir freuen uns.«

Sie setzen sich ins Wohnzimmer und er erzählt. »Als ich gestern Abend Tobias so von Gott und der Heiligkeit des Liedes überzeugt fröhlich singen und beten hörte, packte mich plötzlich die Sehnsucht nach ebensolchem Glück. In Ihrem Bücherregal fand ich einen Bildband über Fische. Während ich darin blätterte, fiel mir das Lied aus meiner Kinderzeit ein: ›Weißt du, wie viel Sternlein stehen‹, mit der Schlusszeile: ›… kennt auch dich und hat dich lieb.‹ Sie geht mir nicht mehr aus dem Sinn.«

Es bleibt eine ganze Weile still in der Stube.

»Ich weiß gar nicht, ob ich überhaupt glauben könnte, dass es Gott tatsächlich gibt, und wenn ja, ob er mich mag. Schließlich bin ich ihm Jahrzehnte aus dem Weg gegangen.«

Bill bedient sich aus der von Felizitas auf den Tisch gestellten Konfektschale.

»Die Frage nach der Existenz Gottes beantwortet sich von selbst, sobald Sie ihn in Ihr Leben einlassen. Und Ihre Bedenken, ob er denn an Ihnen interessiert ist, klärt die Liedzeile: ›... kennt auch dich und hat dich lieb.‹«

Fabian seufzt. »Es war ein Fehler, aus der Kirche auszutreten. Doch diese Erkenntnis kommt zu spät. Mich mit siebzig Jahren noch einmal taufen zu lassen, schäme ich mich.«

»Sie müssen doch nicht ein zweites Mal getauft werden. Gott gab Ihnen damals die Zusage seiner Liebe und Fürsorge. Die hat er nie zurückgenommen.«

»Aber ich habe mein Wort gebrochen, das ich ihm zur Konfirmation gab.«

»Das ändert nichts an Gottes Treue. Was er einmal gesagt hat, gilt für immer.«

»Sie trösten gut. Trotzdem müsste ich das Ganze noch einmal durchrechnen. Wenn ich fünf Jahrzehnte Kirchensteuern nachzahlen muss, reichen meine Ersparnisse nicht.«

»Aber Herr Fabian, wer redet denn von einer Nachzahlung?«

»Gott vielleicht nicht; aber die Kirche.«

»Nein, nicht mal die! Was Sie jetzt tun sollten, ist, mit Gott zu reden – so persönlich, wie

Sie das von Tobias gehört haben. Schütten Sie ihm Ihr Herz aus und bitten Sie ihn, in Ihr Leben zu kommen. Das ist schon alles.«

»Ja, aber muss ich denn nicht bestimmte Normen erfüllen?«

»Sie müssen gar nichts! Das übernimmt Gott. Er wird in Ihrem Leben manches ändern, weglassen und hinzufügen. Aber er wird Ihnen nichts aufzwingen, was Sie nicht wollen.«

Fabian äußert sich nicht dazu. Er steht auf, bedankt und verabschiedet sich und geht. Bill, der ihn bis zur Wohnungstür bringt, beobachtet durch den Türspion, dass Fabian nicht den Fahrstuhl benutzt, sondern die Treppe nach oben steigt. Das tut er immer dann, wenn er der Meinung ist, noch ein wenig Bewegung nötig zu haben. Doch das Wichtigste bekommt Bill nicht mit. Als Fabian es schon bis zur dreizehnten Etage geschafft hat, merkt er, dass er unbewusst beim Steigen von einem Treppenabsatz zum anderen die Kinderliedzeile vor sich hersagt, immer sieben Stufen für sieben Worte:

… kennt – auch – dich – und – hat – dich – lieb.

Drehung.
... kennt – auch – dich – und – hat – dich – lieb.
Vierzehnte Etage.
... kennt – auch – dich – und – hat – dich – lieb.
Drehung.
... kennt – auch – dich – und – hat – dich – lieb.
Fünfzehnte Etage.

Und so weiter und so weiter, bis er in der siebzehnten Etage zu seiner Wohnung gelangt und in ihr verschwindet. Zwanzig Minuten später kommt er jedoch zurück, läuft eilig zwei Treppenabsätze nach unten, dreht sich um und steigt – mit der gleichen Liedzeile auf den Lippen – wieder nach oben.

Was soll denn das? Ist er nicht mehr ganz klar im Kopf? Oh doch! Sogar sehr klar. Wenn wir genau hinhören, erfahren wir auch den Grund für dieses seltsame Gebaren. Er hat zwei Worte geändert:

... kennt – auch – mich – und hat mich – lieb.

… kennt – auch – mich – und hat mich – lieb.

Was Opa Fabian heute Abend erlebt hat, das nennt die Bibel »Bekehrung«. Ein Besen ist dafür nicht vonnöten, aber die Bereitschaft, sich Gott zuzuwenden, zu ihm umzukehren. In der Offenbarung des Johannes – dem letzten Buch der Bibel – wird das so beschrieben (3,20): »Wenn jemand meine Stimme hört und die Tür öffnet, werde ich bei ihm einkehren. Ich werde mit ihm das Mahl halten und er mit mir.«